Benigna Gerisch

Unerreichbares Leben

Erzählungen

Verlag und Druck:
tredition GmbH
Halenreie 40-44
22359 Hamburg

978-3-347-10195-1 (Paperback)
978-3-347-10196-8 (Hardcover)
978-3-347-10197-5 (e-Book)

Bibliografische Information der Deutschen
Nationalbibliothek: Die Deutsche Nationalbibliothek
verzeichnet diese Publikation in der Deutschen
Nationalbibliografie; detaillierte bibliografische Daten sind im
Internet über http://dnb.d-nb.de abrufbar.

Für meine Mutter Charlotte (1928 – 2018)

Inhalt

Rot lackierte Fußnägel

Als er erwachte, war irgendetwas anders. Es war nicht das leere Bett neben ihm, daran hatte er sich allmählich gewöhnt. Das Sonnenlicht drang hell durch die Leinenvorhänge und ließ das Parkett wie flüssigen Honig glänzen. Das war es. Das Licht und die Atmosphäre im Zimmer waren eine gänzlich andere als sonst. Es musste schon spät sein, dachte er nun aufgewühlt. Und tatsächlich, die Zeiger seines Weckers zeigten kurz nach neun an. Einen Wecker hatte er nicht gestellt, das hatte er die letzten Jahre, ja sogar Jahrzehnte nicht getan und war immer pünktlich um fünf Uhr aufgewacht und gleich aufgestanden. Das war es also. Er kannte seine Wohnung bei diesem Morgenlicht nicht, eigentlich kannte er seine Wohnung am Tage überhaupt nicht. Er war immer gleich nach dem Aufstehen aus dem Haus und zur Arbeit geeilt. Etwas benommen rappelte er sich aus dem Bett auf. Es ärgerte ihn, dass er sich nun plötzlich so verlangsamt, so alt vorkam. Sein Rücken schmerzte schon seit Längerem, und auch seine Knie verursachten ihm Probleme. Er humpelte wie benommen in Richtung Küche, nahm aber einen kleinen Umweg durch das Wohnzimmer, um einen Blick auf den Balkon des gegenüberliegenden

Mietshauses zu werfen. Da war aber nichts zu sehen, genauer gesagt, sie war nicht zu sehen. Die Vorhänge waren noch zugezogen, aber ihre Balkonpflanzen leuchteten farbenprächtig in der Sonne. Fast schmerzte das Rot der Geranien in seinen Augen, und der Blaue Eisenhut zeichnete sich im scharfen Kontrast dazu ab. Er hatte nie verstanden, mit welcher Hingabe sich die Menschen dem Lebenden widmen konnten.

Er hatte sein Leben den Toten geweiht. Als Rechtsmediziner war er zu Ruhm und Ehre gelangt. Nachdem er sich durch die mühsamen und oft quälenden Wege der Facharztausbildung gekämpft, promoviert und habilitiert hatte, wurde er als Jüngster seiner Zunft auf den Direktoriumsposten des Rechtsmedizinischen Institutes berufen. Damals war er also mit knapp fünfunddreißig Jahren ›ein gemachter Mann‹. Auf seinem Arztkittel mit Silberknöpfen besetzt, der nur Chefärzten vorbehalten war, stand: Prof. Dr. med. Viktor von Glaser. Darauf war er stolz, sehr stolz sogar.

Seine Frau Gerda war auch stolz auf ihn. Selbst wenn sie wusste, dass er nun noch weniger am Familienleben teilnehmen würde als bereits zuvor. Sie hatten sich mit Anfang zwanzig vor einem Kino kennengelernt, sie war gestolpert, hatte sich den Arm verstaucht, und er war ihr zu Hilfe geeilt. Es schien so einfach, fast zwangsläufig, dass sie zusammenblieben. Fünf Jahre später heirateten sie und bekamen im Abstand von zwei Jahren erst ihren Sohn, Johannes, und dann ihre Tochter, Elisabeth. Sie hatten ihr den Namen seiner Mutter gegeben, die früh verstorben war. Gerda hatte für Viktor und die Familie ihre Ausbildung zur Zahntechnikerin aufgegeben. Es war ja ohnehin ganz überflüssig, dass seine Frau arbeitete. Sie hielt ihm den Rücken frei, während er Karriere machte. Wobei er dieses Wort nicht gern benutzte, für ihn war seine Arbeit eine Berufung. Er konnte nicht anders, es war wie ein innerer Zwang. Bei seinen älteren Kollegen war er durchaus angesehen, bei den Jüngeren eher gefürchtet. Er sei zu streng, klagte man hinter seinem Rücken. Das verstand er nicht, er war gewissenhaft und diszipliniert, daran war nun wahrlich nichts verkehrt. Das hatten die Toten verdient, denn schließlich war er es, der sie wieder zum Leben erweckte. Er erzählte durch ihre toten Leiber ihre Geschichten. Er war es, der herauszufinden hatte, ob sich jemand umgebracht hatte, ob es ein Unfall, Mord oder Totschlag war. Da war Schlamperei schlichtweg fehl am Platz.

»Dein Vater war ein mächtiger Mann, ein hohes Tier im Krieg gewesen«, sagte seine Mutter oft mit andächtigem Stolz. Als Viktor herausbekam, wie viele Menschen sein Vater auf dem Gewissen hatte, die es aber gar nicht zu beschweren schienen, sagte sein Vater in scharfem Ton: »Weißt du, mein Sohn, ich habe mir nichts vorzuwerfen, ich habe nur meine Pflicht getan. Und ich rate dir gut, es mir gleichzutun!« Vielleicht hatte er sich deshalb mit aller Hingabe den Toten gewidmet, vielleicht war es eine Art der Wiedergutmachung. Er wollte ihnen ihre Würde zurückgeben. Indem er ihre Körper aufschnitt und in jede Faser vordrang, wollte er ihre Qualen sichtbar und die Täter dingfest machen.

Kurz nach seiner Pensionierung, er hatte noch zwei Jahre verlängern und sein Zimmer im Institut auf Lebenszeit behalten können, da trennte sich Gerda von ihm. Sie sagte, sie könne ihn nicht mehr riechen, er stinke nach Formaldehyd. Alles an ihm stinke danach, die Kleidung, die Haare, die Haut, die sie schon lange nicht mehr berührt hatte. Sie könne das keinen Moment mehr länger ertragen, ihr werde übel, sie ersticke daran.

Das war eine Anmaßung, eine schiere Gemeinheit, ein hysterisches Gebaren. Das war nun einmal der Geruch seiner harten Arbeit, die er Tag für Tag verrichtete. Das war nun wirklich die Höhe. Aber wusste eigentlich irgendwer in diesem Hause, wie seine Arbeit eigentlich aussah und tatsächlich roch?

Kurz ärgerte er sich darüber, dass er so oft in Phrasen seines Vaters dachte und sprach, vor allem, wenn er zornig war.

Wusste hier eigentlich irgendjemand, wie der Tod und die Leichen und die Wunden rochen? Dass seine ›Rote Arbeit‹ nicht damit getan war, die Leichen aufzuschneiden und die Organe einfach rauszunehmen und irgendwo im Wald liegen zu lassen, wie es sein Vater auf der Jagd getan hatte. Schädel, Brust und Bauchhöhle mussten geöffnet, nicht selten jedes Organ sorgsam geborgen und bis ins kleinste Detail untersucht werden. Dass nennt man Autopsie, liebe Leute. Und am Ende mussten alle Organe wieder zurück an ihren Platz verfrachtet werden, bevor die Leiche geschlossen wurde. Konnte sich jemand vorstellen, wie die Wohnungen, die Tat- und Fundorte rochen? Und interessierte es hier irgendwen, wie Blut, Urin, Sperma und Eiter wirklich rochen, mit wie vielen Litern Körperflüssigkeit er je zu tun gehabt hatte? Und hatte sich jemand mal gefragt, wie brutal, wie dreckig und grausam der Tod sein konnte? Er dachte dabei an die Leiche eines alten Mannes, dem man wegen lächerlichen zehn Euro den Schädel zertrümmert hatte. Auf seinem Unterarm fand Viktor eine eintätowierte KZ-Nummer. Der Mann hatte Auschwitz überlebt.

Viktor war nun außer sich.

»Formaldehyd, meine Liebe, ist da noch der angenehmste Geruch!«, erschöpft beendete Viktor abrupt seinen Wutausbruch. Dann aber wallte der Zorn wieder in ihm auf.

Denn schließlich hatte die Familie gut von seiner ›stinkenden Drecksarbeit‹ gelebt, sehr gut sogar. Er hatte diese große Altbauwohnung mit zwei Balkonen und sechs Zimmern kaufen können, sie hatten zwei Autos, und die Familie konnte mindestens zwei Mal im Jahr in den Urlaub fahren. Dass er oft nicht mitfahren konnte, war nun einmal seiner Unersetzlichkeit im Institut geschuldet. Er hatte sich regelrecht in Rage geredet, was eigentlich nicht seine Art war.

Aber Gerda sah ihn nur stumm und mitleidig an, was ihn nur noch mehr erboste. Mitleid war eine verachtende Geringschätzung. Sie fing an zu packen, eine kleine Wohnung am Stadtrand hatte sie sich längst besorgt. Vor einigen Jahren hatte seine Frau einen Kurs für ›Kreatives Schreiben‹ an der Volkshochschule belegt. Das hatte er insgeheim immer ein wenig belächelt. Auch wenn ihre Freundinnen meinten, sie schreibe sehr schön, gelesen hatte er nie etwas von ihr. Das Schöngeistige und Gefühlige war nicht so seins. Er las die Tageszeitung und schaute um 20 Uhr die Nachrichten. Danach studierte er noch ein paar Akten, schaute sich Tatortfotos in speckigen, längst abgegriffenen Klarsichthüllen an, die modernen Geräte mied er wie der Teufel das Weihwasser, und ging dann früh zu Bett.

Die Kinder waren schon lange aus dem Haus. Seine Tochter hatte Economics in London studiert, das Studium hatte er ihr finanziert, war dann aber bei irgendeiner NGO gelandet, so recht wusste er nicht, was sie da tat. Sie hatte weder einen Freund noch Freunde, sie hatte das Essen. Elisabeth aß nicht, sie fraß, das hatte er mit Abscheu und Ekel bei den immer weniger werdenden Weihnachtsessen in den letzten Jahren bemerkt. Er ekelte sich vor seiner Tochter, nicht vor seinen Leichen. Die waren so sanft, still, demütig und ohne jedes Begehren. Elisabeth sprach auch nicht, sondern sie stopfte das Essen in sich hinein. »Wundert dich das?«, hatte seine Frau ihn einmal verzagt und traurig gefragt. Zumindest habe sie diese Disziplinlosigkeit nicht von ihm, hatte er geantwortet. Manchmal durchfuhr ihn der Gedanke, wie es wäre, wenn er Elisabeth bei sich auf dem Tisch liegen hätte. Welches Skalpell er wohl bräuchte, um sich durch diese Fettmassen zu schneiden, und welche Todesursache er wohl diagnostizieren würde. Unglückliches, verwirktes Leben kam ihm nicht in den Sinn, eher: schamlose Maßlosigkeit. Auch sein Sohn machte eigentlich gar nichts, schon gar nichts Vernünftiges. Er hatte ein paar Studiengänge begonnen, dann aber nach kurzer Zeit gelangweilt wieder abgebrochen. Nun sei er in den USA ins Filmgeschäft eingestiegen, das hatte er bei einem seiner spärlichen Besuche zu Hause mit etwas zu viel Überheblichkeit erzählt. Eigentlich kam er auch nur oder rief an, wenn er von ihm Geld brauchte. Das könne der Vater doch als Vorauszahlung seines Erbes verbuchen. Was denkt der eigentlich, empörte sich Viktor, dass ich mich in meinem ehrbaren Beruf krummlege, damit der Herr Sohn sich einen sonnigen Lenz machen könne? Und dann dieser blasierte Zug um den Mund seines Sohnes, als würde er ihn und die Welt verhöhnen. Unerträglich war das. Meist gab er auf Druck von Gerda aber nach, was ihn noch mehr verstimmte. »Aus dem wird schon noch was«, versuchte sie ihn dann zu beschwichtigen.

Nun also hatte Gerda sich getrennt und rasch die Scheidung eingereicht. Ohne Klagen und Vorwürfe und ohne Tränen hatte sie die Wohnung mit ihren Sachen geräumt, ihm das Nötigste zum Leben dagelassen. Er brauchte ja auch nicht viel. Ihre generalstabsmäßige Organisation des Auszuges hatte ihn beeindruckt. Eigentlich liebte er sie, wobei er nicht so genau wusste, was das eigentlich war: lieben. Er brauchte sie, auf eine ihm unerklärliche Weise, und nun war sie nicht mehr da. Aber mehr als den Schmerz, fühlte er sich verraten und verkauft. Das war also der Dank für seine jahrzehntelange, harte Arbeit.

Er hatte sich im Alleinsein eingerichtet. Gelegentlich ging er, zum Leidwesen der Kollegen und des neuen Chefs, ein arroganter Nichtskönner, ins Institut und vertiefte sich in seinem Zimmer in noch unbearbeitete Akten. Zudem plagte ihn immer mal wieder der Gedanke, er hätte bei einer Obduktion vielleicht doch etwas übersehen.

Wenn er zu Hause blieb, dann streifte er durch die ihm fremde, unbekannte Wohnung. Er versuchte, sie wieder in Besitz zu nehmen und die hellen Stellen an den Wänden, wo Bilder von seiner Frau abgenommen worden waren, nicht zur Kenntnis zu nehmen.

Bei einem dieser Streifzüge durch die Leere der Wohnung, hatte er sie dann entdeckt. Sie saß auf dem Balkon im dritten Stock des Hauses gegenüber. Also auf Augenhöhe. Sie war jung, er schätzte sie auf knapp dreißig Jahre alt. Sie war von einer unaufdringlichen Schönheit und Anmut, die ihm den Atem verschlug. Wie vom Donner gerührt, blieb er stehen. Er schaute sie an, ihr Profil. Sie saß einfach nur da und rauchte. Ihr dichtes schwarzes, glattes Haar hatte sie zu einem lockeren Knoten gebunden, ein paar Strähnen waren herausgefallen und fielen ihr ins Gesicht.

Dann senkte sie ihren Blick und schien zu lesen. Er konnte nicht erkennen, ob eine Zeitung oder ein Buch. Dann blickte sie wieder in die Ferne und rauchte weiter. Schließlich erhob sie sich und verschwand in der Wohnung. Sie kehrte mit einer kleinen Gartenschere zurück und fing an, vertrocknete Blüten abzuschneiden. Üppig wuchsen die Pflanzen in ihren Kästen, die den gesamten Balkon einfassten. Nun sah er sie fast von vorn. Ein ausdrucksvoller, schöner Mund, elegant geschwungene Augenbrauen, eine kleine, zarte Nase, ein langer, schmaler Hals, wie bei einer Ballerina. Plötzlich erschrak er, da er nicht wusste, wie lange er schon so gestanden und ob sie ihn wohl bemerkt hatte. Er versuchte, sich von ihrem Bild zu lösen, er sollte seinem Tagwerk nachgehen. Aber er wusste nicht mehr, welches das war. Er könnte ins Institut gehen, aber danach wäre sie womöglich verschwunden. Er versuchte, sich zu bewegen, fühlte sich aber wie angewurzelt. Er gab sich einen Ruck und eilte in die Küche, um sich einen Kaffee einzuschenken, der inzwischen schal und kalt geworden war. Mit der Tasse in der Hand, hastete er zurück zu seinem Aussichtspunkt. Sie war immer noch da und mit den Blumen beschäftigt. Welch eine Hingabe und Ruhe, so versunken in ihre Tätigkeit, wie er, wenn er seine Leichen sezierte. Er zog sich einen Stuhl heran, weil sein Rücken wieder zu schmerzen begann und trank ein paar Schlucke von der bitteren Brühe, seine Kehle war ganz trocken geworden. Sie sammelte nun alle abgeschnittenen Blüten ein und fing an, die Pflanzen zu gießen. Auch das tat sie mit einer ergebenen Sorgfalt, die ihn rührte. Sie strich sich eine Strähne hinter das Ohr und blickte auf. Er erschrak zu Tode, aber ihr Blick blieb nicht an seinem haften, sondern verlor sich irgendwo in der Weite des Himmels. Dann wandte sie ihm den Rücken zu und ging zurück in die Wohnung. Er blieb einfach sitzen und wartete. Aber sie kam nicht zurück. Er musste kurz eingenickt sein, denn als er hochfuhr, sah er sie wieder. Sie hatte sich ein Kissen in den Rücken geschoben und las. Was tat sie wohl im Leben, was arbeitete sie, oder studierte sie noch? Aber eigentlich konnte er sich gar nicht vorstellen, dass sie normalen Dingen des Alltags nachging. Das passte nicht zu ihr. Vielleicht war sie, wie er, aus der Welt gefallen, einem Blumenmeer entsprungen, einem Gemälde oder Märchen entstiegen, um ihn zu entzücken. Genau das könnte ihre Berufung sein. Das war alles kein Zufall, alles sollte so kommen. Aber was denn eigentlich? Er war wie von Sinnen, so kannte er sich nicht, so fühlte und dachte er nicht. Er war ganz außer sich, was war nur los mit ihm? So hatte er nie für Gerda gefühlt, selbst am Anfang nicht.

Obgleich auch Gerda einst eine Schönheit gewesen war. Allmählich aber war alles an ihr erloschen. Er schob es auf das Alter und hatte sich nie gefragt, ob es etwas mit ihm zu tun gehabt haben könnte. Sie waren ein Paar geworden, dann Eltern und waren in die Jahre gekommen, sie waren ein Team, gut eingespielt, wie am OP-Tisch griff alles wortlos ineinander.

Aber das hier war etwas völlig anderes. Es war Schicksal, so ein Unsinn, begann er sich zu maßregeln, was redest du da. Vielleicht ist dir das Nichtstun doch zu Kopfe gestiegen, vielleicht auch die Einsamkeit. Du solltest jetzt einfach aufstehen und wieder normal werden, zum Einkaufen gehen, die Zeitung lesen, irgendetwas tun. Aber plötzlich durchfuhr es ihn, dass er dies nicht tun könnte, da er sie beschützen müsste, ja, das war es. Seine Aufgabe war es, sie zu beschützen. ›Du bist ja nicht mehr ganz bei Trost‹, dachte er, so hatte ihn seine Mutter oft gescholten. Als Kind dachte er, das hätte etwas mit Trösten zu tun. Irgendwie glaubte er das immer noch. Seine Mutter aber meinte wohl, er habe den Verstand verloren, er sei verrückt geworden. Ja, vielleicht wurde er grade verrückt. Aber er wusste nun, was zu tun war. Jemand, der nicht bei Trost war, der den Halt verlor, der musste getröstet werden. Er war einzig dazu da, um sie zu trösten und zu beschützen.

Alles hatte so kommen müssen: sein Leben für die Toten, die Trennung von Gerda und nun diese engelsgleiche Gestalt, die ihm geschickt worden war. Marie taufte er sie, er wusste nicht warum, aber plötzlich war dieser Name in ihm aufgetaucht. Hell und klar. »Also Marie«, murmelte er halb laut vor sich hin, »hier bin ich und werde dich beschützen.«

Von nun an lebte er in seinem Wohnzimmer. Er hatte sich dort einen Schlafplatz auf einem Sessel eingerichtet. Anfangs ging er noch eilig zum Einkaufen, aber das schien ihm inzwischen zu riskant, er hatte ja eine wichtige Mission zu erfüllen, mit aller gebotenen Sorgfalt, Präzision und Disziplin. Von nun an bestellte er sich das Essen per Telefon. Einmal bat er einen Lieferanten sogar, für ihn Bargeld abzuheben, da er keines mehr besaß. Dass dies auch hätte schief gehen können, bedachte er nicht. Auch fragte er sich nicht, wo Marie bleiben würde, wenn der Sommer endete. Sie würde ja bei Eiseskälte, Schnee und Regen nicht auf dem Balkon ausharren können. Aber jetzt war Hochsommer, dessen Ende sich längst noch nicht ankündigte. Er liebte Marie mit einer Heftigkeit, die ihn von Sinnen sein ließ, aber das störte ihn nicht. Er war besessen von ihr, auch wenn bis heute weder der Zustand noch die Empfindung etwas mit ihm zu tun gehabt hatten.

So vergingen die Wochen, in denen er auf seinem Posten ausharrte und allmählich verwahrloste, da er sich nicht traute, länger als unbedingt nötig das Bad aufzusuchen. Nun stank er wirklich. Nach altem, ungewaschenem Mann. Manchmal war ihm, als hätte sie ihm zugelächelt, vielleicht war es aber auch nur Einbildung, doch von einer tiefen inneren Verbindung war er ohnehin überzeugt. Er schlief kaum noch, nur wenn Marie spät am Abend ihren Rückzug in die Wohnung antrat, dämmerte er für eine Weile ein. Er hatte sich ganz und gar ihrem Lebensrhythmus angepasst. Am Morgen trat sie mit einer Kaffeetasse auf den Balkon und begrüßte ihre Blumen, dann las sie. Ganz selten sah er sie etwas essen, und wenn, dann stopfte sie nicht in sich hinein, wie seine Tochter, sondern kaute andächtig ein Brot oder einen Apfel. Am Nachmittag döste sie in der Sonne und vertrieb sich die Zeit mit Nichtstun. Manchmal lackierte sie sich die Nägel, diese Haltung mochte er ganz besonders an ihr. Wie gelenkig und anmutig sie sich vorbeugte, um jeden einzelnen Zehennagel zu bemalen, wie eine Künstlerin. In den Abendstunden goss sie die Pflanzen, trank ein Glas Wein und rauchte. Allmählich wurden die Schatten länger, der Sommer drohte, nun doch zu enden, auch wenn es immer noch sehr warm war. Er verspürte nicht den Drang, sie zu berühren oder kennenzulernen, er kannte sie ja, wie er seine Toten gekannt hatte, die so stumm und ohne jede Resonanz, ihm aber ganz und gar ergeben gewesen waren. Aber aus ihren Leibern sprach es, lärmend, brüllend, verzweifelt.

Als er eines Abends zurück auf seinen Posten stürzte, er hatte eben den Lieferservice verabschiedet, da glaubte er erst nicht, was er sah. Marie stand dort in ihrem Blütenmeer eng umschlungen mit einem großen Mann, der deutlich älter als sie zu sein schien. Er küsste ihre Stirn, ihren Hals, ihr Haar, er nahm ihr Gesicht in beide Hände und sagte irgendetwas. Sie lächelte und küsste ihn auf den Mund. Er fürchtete, den Verstand zu verlieren, er wollte schreien, rufen: »Nehmen Sie die Hände weg von meiner Marie, sie ist das Kostbarste auf der Welt für mich.« Aber er war wie gelähmt, dann begann ein heftiges Zittern, er sank auf den Sessel, alles drehte sich. Er fürchtete, sich übergeben zu müssen, sein Puls raste. Er schaute wieder hinüber, grad als das Paar in der Wohnung verschwand und sie die Vorhänge zuzog. Er versuchte, sich zu beruhigen, wahrscheinlich war er einfach nur einer kurzen Halluzination aufgesessen, das konnte ja mal passieren, so ausgezehrt wie er war. Morgen würde wieder alles so sein wie immer. Er sank in einen tiefen, traumlosen Schlaf. Am nächsten

Morgen wusste er erst nicht, wo er war und was passiert war. Sein Blick raste hinüber zu dem Balkon. Und da saß sie, wie immer, nur das Haar war aufgelöst. Doch plötzlich trat der Mann von gestern mit einem Tablett auf den Balkon und küsste sie auf den Scheitel. Sie tranken Kaffee und aßen Croissants. Einfach so, als sei es das Normalste der Welt, auf einem Balkon zu frühstücken. Sie lachten, sie warf ihr Haar in den Nacken, er griff nach ihrer Hand und schmiegte seine Wange an ihre zarte Haut. Dann verschwanden sie wieder in der Wohnung. Am späteren Abend erschienen beide erneut auf dem Balkon, jeder mit einem Glas Wein in der Hand. Sie zündete ein Windlicht an. Im Schein der Kerze war Marie so unwirklich schön, dass er sich kaum zu atmen getraute.

Am nächsten Tag war der Mann weg, und sie hatten die Woche wieder für sich allein. Wahrscheinlich hatte er sich doch alles nur eingebildet. Dann erschien der Mann aber eines Tages wieder. Und die Qualen gingen von vorne los: Küsse, Umarmungen und der Rückzug in die Wohnung, aus der er ganz und gar ausgeschlossen war. Der Mann erschien in einem nicht vorhersehbaren Rhythmus, was ihn ganz krank machte, da er sich nicht einstellen konnte, auf den Alptraum, in den er dann geriet. Er hatte bis dahin

Empfindungen wie rasende Eifersucht, Neid, Wut und des Ausgeschlossenseins nicht gekannt oder wahrgenommen, aber nun ertappte er sich sogar dabei, wie er sich vorstellte, den Mann zu töten. Einzig, dass Marie so glücklich zu sein schien, hielt ihn davon ab, auch wenn ihr Glück einen unvorstellbaren und völlig unbekannten Schmerz in ihm auslöste. Der Mann kam und ging ein ganzes Jahr lang. Inzwischen war es Herbst, dann Winter geworden. Und ihr Glück spielte sich nun vorwiegend in der Wohnung ab, nur manchmal konnte er schemenhaft seine oder ihre Gestalt hinter den Fenstern erkennen. Gelegentlich kamen beide auch zum Rauchen auf den Balkon, verzogen sich aber rasch wieder in die Wärme der Wohnung. Seinen Platz auf dem Sessel hatte er dennoch nicht aufgegeben. Er hatte ja einen Auftrag, an dem er unverdrossen festhielt. Einmal glaubte er, eine heftige Auseinandersetzung zwischen beiden zu erkennen, aber vermutlich war es nur der Wunsch des Vaters Gedanken.

Eines Tages war Marie verschwunden. Die Blumen schwächelten und kränkelten, so ganz ohne ihre Zuwendung, und gingen irgendwann ein. Ihr trostloser, vertrockneter Zustand war ein Abbild seiner selbst. Er wartete und wartete, er rührte sich nicht vom Fleck. Vielleicht war sie in den Urlaub gefahren, aber von was sollte sie sich erholen müssen? Vielleicht war sie zu dem Mann gezogen? Oder er hatte sie entführt. Es musste ihr etwas zugestoßen sein, eine andere Erklärung hatte er nicht. Nur eines wusste er mit Sicherheit: er hatte versagt. Er verlor allen Lebensmut, er vegetierte auf seinem Sessel vor sich hin. Alles in ihm war erloschen. Er hatte bis dahin nicht gewusst, dass man sich so fühlen konnte. Tot im Leben. Ein langsam verfallener Körper und ein tauber Geist. Gelegentliche Schmerzaufwallungen waren letzte Zuckungen, bevor es ganz vorbei war. Nach Wochen dieses Elends, schlugen seine Qualen in Wut, dann in Gleichgültigkeit um. Es war ihm nun egal, ob sie noch lebte oder tot war. Er schaute auch kaum noch auf den Balkon. Und wenn, dann nur, als hinge er einem alten Ritual aus einer längst untergegangenen Welt nach. Er starrte vor sich hin, er dachte und fühlte nichts mehr. Kein Wunsch, kein Wollen, kein Begehren mehr.

Einmal fielen ihm drei lose Seiten entgegen, als er wahllos ein paar alte Zeitungen durchblätterte. Er überflog sie, ohne jedes Interesse und blieb dann plötzlich, starr vor Schreck, an der letzten Zeile hängen. Dort stand klein gedruckt und bescheiden: Gerda von Glaser. Hastig blätterte er zurück. Der Text trug den Titel »Ein gebrochenes Herz«. Schon etwas zittrig, begann er zu lesen. Die in knappen, einfachen Sätzen geschriebene Geschichte handelte von einer Frau, deren Mann nicht etwa verstorben war, sondern der noch lebend ihr wie tot erschien, unerreichbar, in eine ferne, fremde Welt entschwunden. Die Frau, so die Pointe, konnte sich vor einem »gebrochenen Herzen« nur schützen, indem sie den Mann verließ, um überleben zu können. Viktor atmete schwer, seine Brust wurde eng, er hustete. Sein Körper wurde von einem Beben erfasst, als müsste er weinen, was er seit jeher nicht konnte. Es war eher ein trockenes, hartes Japsen, was er hervorbrachte. Was ihn am stärksten erschütterte, war die Nüchternheit des Textes, die hellsichtige Klarsicht, die ohne Verletzung, Verhöhnung und Groll auskam. Obgleich Gerda aus einer tiefen, existentiellen Not heraus geschrieben haben musste, ging es einzig ums Überleben, nicht um Schuldzuweisungen. Viktor schleppte sich zu seinem Sessel und sackte zusammen.

Als er am nächsten Tag Marie wieder auf dem Balkon erblickte, war alles anders. In ihm waren weder Glücksgefühle noch Erleichterung. Auch kein Groll. Er hatte sie aufgegeben, wie er sich aufgegeben hatte. Er nahm ihre Anwesenheit zur Kenntnis, mehr nicht. Aber auch an Marie war etwas anders. Ihr Leuchten, ihre Anmut waren fast verschwunden. Sie bewegte sich langsamer, wie in

Zeitlupe, sie kümmerte sich wieder um ihre Pflanzen, aber es schien ihr keine Freude mehr zu bereiten. Meist saß sie nur da, rauchte und blickte in den Himmel. Zwar war er noch immer an seinen Platz gefesselt, aber ganz trüb und richtungslos war sein Blick geworden.

Es musste Wochen später gewesen sein, als das Telefon läutete. Er kannte den Klang nicht, es klingelte ja auch nie. Weder die Kinder noch Gerda riefen mehr an. Für einen Moment wusste er auch nicht, wo das Telefon eigentlich stand. Er schlurfte in die Diele, nahm den Hörer ab und sagte: »Ja, bitte«, er räusperte sich, seine Stimme war vollkommen eingerostet und ihm fremd. »Hier ist Professor Schreiber, werter Kollege, bitte entschuldigen Sie die Störung, aber ich bräuchte Ihren Rat. Ich habe hier eine junge Frau auf dem Tisch, so um die dreißig, aber ich werde aus ihrer Todesursache nicht schlau.«

Viktor wurde einen Moment lang schwarz vor Augen. Und er erinnerte sich plötzlich an eine längst vergessene Szene, wie ihn sein damaliger Chef, als er noch unerfahrener Assistenzarzt war, zu sich zitierte und ihn wieder nur mit ›Glaser‹ ansprach. Das ›von‹ ließ er immer weg, das machte ihn klein, mehr noch: es sollte ihn klein machen. Sie standen vor einer Frauenleiche, jung war sie, sein Chef sagte, ohne Zögern, hier läge ganz klar ein Selbstmord. »Warum, Glaser?«, fragte er ihn, ohne die Antwort abzuwarten. »Ich werde es Ihnen sagen. Die Frau hat rot lackierte Fußnägel, mit großer Wahrscheinlichkeit war sie eine Geliebte, die nun verlassen wurde. Die haben immer rot lackierte Fußnägel«, so sein zweifelsfrei vorgetragener Befund.

Viktor, der sich zu fassen versuchte, fragte Schreiber, ob die Frau schwarze, glatte Haare und rot lackierte Fußnägel habe. »Ja«, antwortete Schreiber, hörbar irritiert. »Das war Selbstmord«, kam ihm Viktor zuvor, »ohne Zweifel. Testen sie mal auf ›Blauen Fingerhut‹ oder es war ein ›gebrochenes Herz‹, das gibt es, lachen Sie nicht.« »Ich dachte, Sie könnten vielleicht ins Institut kommen?«, fragte Schreiber höflich und werbend zugleich. »Nein«, unterbrach ihn Viktor eine Spur zu barsch, »das kann ich nicht. Ich kannte die Frau, ich habe sie geliebt, und ich habe versagt, ich bin schuld. Sie heißt Marie.«

Das Geschenk

Jasmin hüpfte wie ein überdrehtes Mädchen, barfuß und noch im Schlafanzug, durch die Wohnung. Mal auf dem einen, dann wieder auf dem anderen Bein. Sie riss die Arme hoch und jubelte. Sie sang lauthals irgendeinen Popsong aus dem Radio mit, dessen Text sie nicht so gut verstand, aber das machte nichts. Die Balkontür stand offen, es war noch früh am Morgen. Der Frühling kündigte sich an, die Bäume waren schon von einem zarten Grün umhüllt.

Heute würde ein wundervoller Tag werden, ein einzigartiger Tag, alles würde gut werden, denn heute war ihr Geburtstag. Ihre Katze Ticino, angesteckt von ihrer Fröhlichkeit, rannte aufgeregt auf den Holzdielen hin und her, mit aufgestelltem Schwanz, als freute sie sich mit ihr. »Wieso hast du deine Katze nach einer italienischsprachigen Region in der Südschweiz, dem Tessin, benannt?«, hatte Jacob sie bei seinem ersten Besuch verdutzt gefragt. Das wusste sie nicht. Sie hatte das Wort Ticino irgendwo mal aufgeschnappt und fand es passend für ihre ganz und gar schwarze Katze. Es klang irgendwie niedlich und zugleich nach etwas Fremdem, Unbekanntem. In Italien war sie noch nie gewesen, auch nicht im Tessin. Aber heute

Abend, das hatte Jacob ihr versprochen, würden sie in eine echte Pizzeria gehen, mit rot-weiß karierten Tischdecken und Kerzen auf dem Tisch. Sie würden Nudeln oder Pizza essen, Rotwein trinken und glücklich sein. Und er hatte ihr gesagt, dass er sich eine ganz besondere Überraschung für sie ausgedacht habe, ein Geschenk, das sie umhauen werde. Sie hatte es nicht so mit Geschenken, die machten ihr irgendwie Angst, aber heute würde alles anders werden. Sie konnte es kaum abwarten und hoffte, dass es bald Abend sein möge.

Sie traute sich nicht, in ihr Handy zu schauen. Ob er sich wohl schon gemeldet hatte? Letzte Nacht war er im Nachtdienst, er machte gerade sein Praktisches Jahr auf der Kardiologie, da würde er sicher noch schlafen und sich später melden. Dann wurde sie aber doch ungeduldig und schaltete das Handy ein. Keine Nachricht von Jacob. Gratuliert hatten bisher nur ihr Mobilfunkanbieter und ein Onlineversand, beide hatten ihr 10-Euro-Gutscheine geschenkt, das war ja auch ganz toll. Vielleicht würden sich ihre Pflegeeltern noch melden, die hatten sie damals aus dem Heim geholt, und bei ihnen war sie großgeworden. Sie waren ganz nett, aber sehr wortkarg und nicht so besonders liebevoll. Als es mit dem Pflegevater beruflich bergab ging, hatte er angefangen zu trinken, manchmal auch zu schlagen. Einfach so, aus dem Nichts heraus. Ihre Pflegemutter wurde immer dünner und trauriger, und sie selbst furchtbar unglücklich. Eigentlich war sie das schon immer: unglücklich. An ihre leibliche Mutter hatte sie keine Erinnerungen, und ihren leiblichen Vater kannte sie überhaupt nicht, nicht einmal seinen Namen. Mit sechzehn war sie dann mit Unterstützung einer Lehrerin in eine Jugendwohnung gezogen. Dort war es eigentlich ganz okay, aber vor den anderen Mädchen hatte sie oft Angst gehabt, die waren wild, gemein und aggressiv. Und immerzu wurden Cliquen gebildet, egal wie, man machte alles falsch, für welche man sich auch entschied.

Schließlich konnte sie dann in diese kleine Wohnung ziehen. Das war ein überwältigender Traum, der wahr wurde. Mit Balkon und Bäumen vor den Fenstern, die ersten eigenen vier Wände, was für ein unbeschreibliches Glück. Und sie hatte die Katze aus dem Tierheim geholt. Anfangs war sie ängstlich, scheu und bissig, aber damit konnte sie gut umgehen, sie erinnerte sie ein bisschen an sie selbst. Bei der Arbeit lief es allerdings nicht so gut. Sie hatte zwar einen Realschulabschluss, dann aber alle begonnenen Ausbildungen wieder abgebrochen. Sie konnte sich einfach nicht konzentrieren, auch die vielen verschiedenen

Menschen verwirrten sie oft. Abends schlief sie völlig erschöpft auf dem Sofa vor dem Fernseher ein und verpennte nicht selten auch den nächsten Morgen. Sie ging einfach nicht mehr hin und natürlich wurde ihr daraufhin gekündigt. Sie hielt sich mit Aushilfsjobs über Wasser, das ging eigentlich ganz gut. Lange war sie als Packerin bei einer großen Drogeriemarktkette beschäftigt gewesen, hatte dann aber von einem auf den anderen Tag aufgehört, als ihr Vorgesetzter im Lager immer zudringlicher wurde. Er hatte gesagt, dass er sie wegen Diebstahls anzeigen würde, wenn sie auch nur einen Piep sagen würde. Nun arbeitete sie als Servicekraft in einem Hotel, das war zwar auch anstrengend und nicht so gut bezahlt, aber sie kam über die Runden.

Und dann, ja, dann hatte sie Jacob kennenlernt, das war wie ein Wunder. Manchmal kniff sie sich, weil sie fürchtete, aus einem schönen Traum aufzuwachen. Aber Jacob war immer noch da und das nun schon fast ein Jahr. Sie hatte ihn an einer Supermarktkasse kennengelernt. Ihre Ware lag bereits auf dem Band, als sie mit Schrecken feststellte, dass sie ihr Geld vergessen hatte. Jacob stand direkt hinter ihr und sagte mit all seinem Charme und tiefer Stimme, dass er das für sie übernehmen würde, aber nur, wenn sie dann mit ihm einen Kaffee trinken gehen würde. Als sie sich umdrehte, fürchtete sie, filmreif in Ohnmacht fallen zu müssen. Er war so unglaublich schön. Groß, muskulös, wilde, braune Locken, tiefblaue Augen, einem unverschämt verlockenden Mund und dann noch dieses schneeweiße Hollywood-Lächeln. Er sah umwerfend aus, buchstäblich. Sie stammelte, dass das Erpressung sei. Er sagte, ganz cool, das wisse er, aber das machte nichts. Also gingen sie einen Kaffee trinken, nachdem er ihre Einkäufe gezahlt hatte, fast ausschließlich Katzenfutter. Sie starrte ihn die ganze Zeit nur an, was er lustig fand, und sie ließ ihn reden, stellte unentwegt Fragen, damit er keine stellen konnte. Was sollte sie schon von sich erzählen? Da war nichts Interessantes oder Vorzeigbares. Als er erwähnte, dass er Medizin studiert habe und nun im PJ sei - sie traute sich nicht zu fragen, was das PJ denn sei -, wurde ihr schlecht. Ihr war klar, dass er sich über kurz oder lang von ihr verabschieden würde, da er sich in ihr getäuscht hatte. Zwar war sie ganz hübsch, das hatten ihr einige Männer und auch Frauen immer Mal wieder gesagt, aber ein Mann wie Jacob würde eine Frau auf Augenhöhe haben wollen. Und nicht eine wie sie, ohne richtige Eltern, ohne Ausbildung, mit einer Katze, die allenfalls vorzeigbar war. Aber er strahlte sie einfach nur an und freute sich, sie getroffen zu haben. Als sie sich verabschiedeten, tauschten sie ihre Handynummern aus und verabredeten sich gleich für den kommenden Freitag. Es war so unwirklich. Mit zitternden Beinen machte sie sich auf den Weg und hoffte nur, dass sie nicht stolpern und lang hinschlagen würde, falls er ihr nachschauen sollte. Das tat er tatsächlich, er pfiff und rief: »Wie schön du bist, aber warum eierst du so, grüß' deine Katze, bis Freitag.« Sie wankte nach Hause, umschlang Ticino so fest, dass die Katze zu strampeln begann, und heulte in ihr Fell, bis es tropfnass war. Schluchzend erzählte sie der verschreckten Katze, dass sie nun eine ›Pretty Woman‹ sei, dass sie ihren Prinzen getroffen hätte und er sie sicher auch über die Feuerleiter ins Paradies tragen würde.

Jacob war der tollste Mann, den sie sich vorstellen konnte. Alles war toll an Jacob. Er war schön, witzig, klug, liebevoll, aufmerksam. Der Sex mit ihm war wie nicht von dieser Welt. Aber viel entscheidender war, dass sie sich mit Haut und Haar auf ihn verlassen konnte, noch nie hatte er sie versetzt oder angerufen, wenn er sich verspätete.

Was er an ihr liebte, das wusste sie nicht so genau, auch wenn sie ihn oft danach fragte. »Du kannst so schön nerven«, sagte er dann schmunzelnd. »Nein, im Ernst: Du bist so echt, ein bisschen schwermütig vielleicht, vor allem aber ganz anders als die Mädchen in der Uni und die Frauen an der Klinik. Die wollen am Ende doch alle nur Kinder, Haus, Kombi und Hund, den Sack eben zu machen.« Eigentlich wollte sie auch den Sack zu machen, aber das sagte sie ihm natürlich nicht.

Auch Jacob war so ganz und gar anders als alle, mit denen sie mal was gehabt hatte. Anfangs waren die auch soweit in Ordnung, aber kaum hatte sie mit ihnen geschlafen, wurden die irgendwie lieblos, abweisend, desinteressiert. Und meist hielten die Beziehungen nicht länger als zwei Monate. Einer fing sogar an, sie zu schlagen, wenn er betrunken war. Das hatte sie lange mitgemacht, weil sie ihn trotzdem liebte. Irgendwann ging es aber nicht mehr, als sie ihn in einer Bar knutschend mit einer anderen Frau erwischte. Es hatte sich angefühlt, als hätte sie jemand in Stücke gerissen. Sie war nach Hause getaumelt, hatte sich in die heiße Badewanne gelegt, Rotwein getrunken und Schlaftabletten genommen. Die hatte sie aber kurz danach in die Wanne erbrochen, eine Riesensauerei war das. Nachdem sie alles sauber gemacht hatte, hatte sie keine Kraft mehr zum Sterben, und tot war sie ja sowieso schon.

Nun aber hatte sie Jacob, mit dem sie heute ihren ersten gemeinsamen Geburtstag feiern würde. Es war ihr Glückstag, der schönste Tag ihres Lebens.

Wieder riss sie die Arme in die Höhe und juchzte fröhlich vor sich hin, das Handy im Augenwinkel auf dem Tisch. Es blieb aber stumm. Er schlief halt noch, er will ja auch frisch und ausgeruht für heute Abend sein, beruhigte sie sich.

Ihre Geburtstage hatte sie immer mit Moby verbracht, am Abend kam noch Elton dazu. Also, um ehrlich zu sein, hatte sie die Tage allein, aber mit Mobys Musik verbracht. Genau genommen mit nur einem Song von ihr, der aus zwei Refrainzeilen besteht, die unentwegt wiederholt werden: *Why does my heart feel so bad / Why does my soul feel so bad.* Und dann kommt mindestens fünf Mal hintereinander: *He'll open doors, He'll open doors*. Die ersten beiden Liedzeilen hatten sie mitten ins Herz getroffen. Moby sang über sie, für sie, darüber, wie sie sich in der Welt immer schon fühlte. Das mit den Türen hatte sie nie so richtig verstanden, sie sprach ja auch kaum Englisch. Wer war HE? Und wieso sollte HE die Türen öffnen, für wen, für was? Aber dass sie es nicht verstand, das machte nichts. Die Melodie, der Sound waren entscheidend, vor allem aber *wie* Moby das sang, mit dieser kehligen, tieftraurigen, schwarzen Stimme, das war so unfassbar ergreifend und herzzerreißend, dass sie schon weinen musste, wenn sie an das Lied nur dachte.

An ihren Geburtstagen stellte sie den Song schon am Morgen ein, sang dazu und trank billigen Wein, der sie wärmte, wie das Lied. Je länger sie trank und Moby zuhörte, um so lauter sang sie mit, sie schrie, sie brüllte, sie schluchzte: *Why does my heart feel so bad / Why does my soul feel so bad.* Sie suchte sich alle verfügbaren Versionen aus dem Netz: Liveauftritte, Unplugged, Studio-Aufnahmen, alles, was sie finden konnte. Sie starrte auf diesen großen, weichen, schwarzen Körper, auf den weit geöffneten Schlund von Moby, wenn sie *He'll open doors* sang und glaubte, verschluckt zu werden, darin zu versinken, in diese unendliche Weite und Tiefes des Körpers von Moby, mit dem sie eins wurde. Der krönende Abschluss des Tages war dann immer das Duett, das Moby gemeinsam mit Elton John sang. Das war der Höhepunkt ihres Geburtstages. Meist war sie dann schon völlig betrunken. Sie konnte nur noch lallen, stöhnen, schluchzen, japsen, der Rotz lief ihr aus der Nase, der Speichel aus dem Mund. Manchmal erbrach sie sich, es war alles egal. Sie feierte mit Moby und Elton und fühlte sich so tief verstanden und aufgehoben, wie sie es noch nie zuvor erlebt hatte. Irgendwann schlief sie dann völlig erschöpft auf dem Sofa oder dem Teppich ein, schaffte es aber vorher noch immer, Moby und Elton auf Endlosschleife zu stellen. Sie hatte eben doch Eltern, dachte sie trotzig, die sie in den Schlaf sangen.

Sie riss sich aus ihren Gedanken und stürzte zum Handy. Womöglich hatte sie gerade jetzt seinen Anruf oder eine Nachricht verpasst. Sie fand aber nur eine von ihrer Pflegemutter: »Alles Liebe zum Geburtstag, hab einen schönen Tag, deine Mutti.« Mutti hatte sie nie zu ihr gesagt, sie immer nur beim Vornamen genannt: Inge, denn sie war nicht ihre Mutti.

Heute würde sie ohne Moby feiern, das tat ihr ein bisschen leid, aber ihr Herz und ihre Seele fühlten sich eben nicht mehr ›bad‹ an.

Vielleicht sollte sie ihn einfach anrufen. Aber irgendwann hatte Jacob mal gesagt, dass er sehr grantig werden konnte, wenn er nach einem Nachtdienst geweckt wurde. Sie ließ es bleiben. Außerdem sollte sie sich vielleicht mal duschen, es war ja schon früher Nachmittag, die Haare müsste sie außerdem waschen, und das Föhnen dauerte immer so lang, bei ihren Pferdehaaren. Das hatte Inge immer zu ihr gesagt, »du mit deinen Pferdehaaren«, es klang aber nie wie ein Kompliment.

Und sie könnte sich unten vom Bäcker ein Stück Kuchen holen, der gehörte doch zu einem Geburtstag schließlich dazu. Sie ließ sich Zeit mit dem Duschen, den Haaren und der Auswahl des

Kleides. Sie entschied sich für ein rotes Samtkleid, das sie mal second hand gekauft hatte. Sie fand sich nun doch auch ganz schön, als sie sich immer wieder vor dem Spiegel hin- und herdrehte. Das Rot sah toll aus zu ihren schwarzen Locken. So hatte sie sich noch nie gesehen, auch noch nie so angesehen.

Dann griff sie wieder zum Handy. Nichts. Sie könnte ja mal einen Sekt köpfen, den hatte sie beim Discounter gekauft, ein bisschen süß, aber was soll's. Seit sie mit Jacob zusammen war, trank sie nicht mehr so viel, aber heute könnte man sich ja mal ein Gläschen gönnen, zur ›Feier des Tages‹, hatte Friedrich, ihr Pflegevater immer gesagt, wenn er zu saufen anfing.

Nach dem dritten Glas nahm sie das Handy und wählte, ohne Zögern, Jacobs Nummer. »Hallo, ich bin's«, sprach sie betont fröhlich und ohne Vorwurf auf die Mailbox, »du alte Schlafmütze, melde dich mal.« Die Flasche war fast leer, und sie hatte inzwischen ungezählte Male seine Nummer gewählt und zahllose Textnachrichten geschickt. Sie wurde immer lauter, wütender und anklagender: »Scheiße, eh, ruf mich jetzt an, ich bin's Jasmin, ich habe Geburtstag!« Als sie die zweite Flasche aufmachte, brüllte sie ins Handy: »Ich wusste, dass du so ein Schwein wie alle anderen bist, der tolle Herr Doktor fickt wahrscheinlich grad eine seiner Schwestern.« Ein weiteres Mal drohte sie: »Ich will auch den Sack zu machen, aber sowas von...«.

Bei den letzten Anrufen lallte sie nur noch: »Gebuuutstaaag, habe ich, Haaaaaaalooooo, is da jemand?« Sie hatte inzwischen Moby wieder auf Endlosschleife gestellt, sie tanzte und grölte durch die Wohnung. Ticino hatte sich ins Schlafzimmer geflüchtet, »ah, du liebst mich also auch nicht mehr, dann hau doch ab, du blödes Vieh«, brüllte sie ihr hinterher.

Schließlich schrie und schluchzte sie aus dem Balkon heraus: »Verpiss dich du Arsch, komm nie wieder hierher, fass mich nie wieder an, und dein verschissenes Geschenk kannst du dir sonst wohin stecken.« Plötzlich, als das Wort ›Geschenk‹ aus ihrem Mund geschleudert kam, drang etwas Grauenvolles aus ihr hervor, aus den Eingeweiden kam es gekrochen. Panik erfasste sie, was war das? Wo wollte das hin? Wo kam das her? Bilder brachen in ihr empor, und mit einem Mal war alles da, erst schemenhaft, dann überflutend, schließlich glasklar. Sie musste etwa fünf gewesen sein, als ihre Mutter sie am Abend zu sich auf den Schoß zog und mit zärtlicher Stimme sagte: »Meine Süße, wenn du mich morgen länger schlafen lässt und nicht ins Schlafzimmer kommst, dann bekommst du ein ganz ganz tolles Geschenk.

Weißt du, ich habe da nämlich jemanden kennengelernt«, säuselte sie, »und wir würden gern ein bisschen länger schlafen.« Jasmin hatte sich an ihre warme, weiche Mutter geschmiegt und ganz verständig genickt, auch wenn sie das Ganze irgendwie komisch fand. Vor allem: wer sollte dieser Jemand sein?

Am nächsten Morgen war sie, wie immer, früh aufgewacht, hatte aber sofort angefangen zu spielen, zur Mama durfte sie ja nicht. Aber es brachte ihr keinen richtigen Spaß, auch nicht, ihren Puppen die Haare zu bürsten, was sie sonst so liebte. Lustlos nahm sie ein Buch, dann ein Holzspiel. So irrte sie durch ihr Kinderzimmer, fing dieses und jenes an zu spielen, aber eigentlich hoffte sie nur, dass ihre Mutter augenblicklich kommen möge, um sie zu erlösen und ihr das Geschenk zu geben. Es war schon spät, das glaubte sie zumindest, so endlos und quälend erschien ihr die Zeit. Schließlich tappte sie auf Zehenspitzen zur Schlafzimmertür und lauschte. Aber sie hörte nichts, gar nichts, weder von ihrer Mutter noch von diesem Herrn Jemand. Sie setze sich auf den Boden davor und wartete. Sie wusste einfach nicht, was sie tun sollte. Sie könnte sich ein Glas Milch holen, aber sie hatte keinen Durst. Irgendwann hielt sie es nicht mehr aus und klopfte. Leise rief sie »Mama«, dann lauter, dann schrie und hämmerte sie gegen die Tür, sie bekam die Klinke zu fassen, aber es war abgeschlossen. Wieder und wieder rief sie »Mama, Mama, mach die Tür auf, ich bin hier draußen, ich will nicht mehr warten. Gib mir endlich mein Geschenk.« Da hörte sie es an der Wohnungstür läuten. Sie rannte hin und öffnete. Ihre Nachbarin von gegenüber stand dort mit schreckgeweiteten Augen, »Warum schreist du denn so, Jasmin, was ist denn bloß los?«

»Mama macht die Tür nicht auf«, platzte es unter Tränen aus ihr heraus, »sie ist da drin mit Herrn Jemand und will mir ein Geschenk geben, wenn ich sie nicht störe, aber ich will nicht mehr warten.« Die Nachbarin rannte zur Schlafzimmertür, rüttelte und rief laut nach ihr. Nichts. Sie stürmte aus der Tür und kam mit ihrem Mann zurück, der mit irgendeinem Gerät die Tür aufbrach. Da sah sie ihre Mutter. Sie lag merkwürdig verdreht im Bett, auf der weißen Bettdecke, die voller Blut war. Das Blut quoll auch aus ihrem Mund und den Ohren und hatte ihre Haare verklebt. »Um Gotteswillen«, rief die Nachbarin ihrem Mann zu, »bring das Kind weg.« Jasmin schrie und brüllte: »Lass mich, lass mich, ich will zu meiner Mama, ich will mein Geschenk.« Als sie aus dem Zimmer gezerrt wurde, sah sie den weißen Kerzenleuchter auf dem Teppich, auch der war voller Blut. Aber Herrn Jemand, den sah sie nicht. »Ich bin schuld, ich bin schuld«, brüllte sie, »nur weil ich mein blödes Geschenk haben wollte, ist sie jetzt tot.«

Sie taumelte in die Küche und griff sich das Apfelmesser. Das hatte ihr Jacob einmal mit einer Tüte rotbackiger, glänzender Äpfel mitgebracht. »Dein Ernährungskonzept hat noch Luft nach oben«, hatte er grinsend gesagt und hinzugefügt: »An apple a day keeps the doctor away.« Verstanden hatte sie die Bemerkung nicht, aber später gegoogelt und sich furchtbar erschrocken. Denn sie wollte den Doktor doch gar nicht ›away‹ haben.

Mit dem Messer ging sie zurück in ihr Wohnzimmer, sie war jetzt ganz ruhig, sie stellte Moby auf volle Lautstärke und fing an, sich wahllos in den Körper zu schneiden. Erst zaghaft, dann immer doller, überallhin schnitt sie sich. Jetzt stach sie blind zu. Einfach weg soll dieser Körper, aufhören wehzutun, das Herz, die Seele – *why does my heart feel so bad* –, alles musste einfach raus und weg und ausgelöscht werden. Stille, Ruhe, kein Schmerz mehr, so sollte es sein, für immer. Hier und da noch ein Stich, immer tiefer drang das Messer in ihr Fleisch ein, es tat nicht weh. Im Gegenteil, es war wie eine Erlösung. Ihr Kleid hing in Fetzen, aus den Wunden floss das

Blut in kleinen Rinnsalen. Und noch ein einmal und noch einmal, *He'll open doors, He'll open doors,* tönte es aus Mobys Kehle. Endlich, endlich begriff sie das mit den Türen. Die verschlossenen Türen, die HE öffnen würde. Aber es war nicht Gott oder Jesus, der Erlöser, der war nicht gekommen und hatte Mama und sie nicht gerettet, sondern Herr Jemand hatte sie geöffnet und wieder geschlossen, nicht sie, sie war schuld, dass sie so lange gewartet hatte. Sie hätte die Türen öffnen müssen, dann würde ihre Mutter noch leben. Sie fühlte plötzlich eine große Erleichterung, die mit einem Mal alles aufklarte. Nun war sie am Grund ihrer ewigen Schwermut angekommen, die Düsternis verzog sich und eine gleißende Helligkeit umfing sie wie eine wärmende Sonne.

Dann traf sie den Hals, das Blut ergoss sich auf ihr rotes Samtkleid, das sah schön aus, wie ein purpurner Schal. So würde sie in die Pizzeria gehen, mit einem Schal aus Blut. Und alle Blicke wären auf sie gerichtet. Dann brach alles in ihr zusammen, überschlug sich, die Bilder stürzten auf sie ein: Mobys Schlund, der verdrehte Körper ihrer Mutter, das weiße Bettlaken voller Blut, HE und die Türen. Als schaute sie durch ein Kaleidoskop, wurde sie eins mit diesen grellbunten, verzerrten Puzzlesteinchen, die aus ihrem Inneren emporquollen. Alles ergab plötzlich einen Sinn. Sie sank auf den Teppich vor der Balkontür, als stürzte sie in die unendliche Weite von Mobys Schlund hindurch in den weichen warmen Leib ihrer Mutter.

Jacob schreckte hoch. ›Scheiße‹, dachte er, ›schon nach neunzehn Uhr. Ich habe verpennt, so ein Mist. Jasmin – Geburtstag – Blumen – Geschenk – Pizzeria.‹ Noch ganz benommen griff er nach seinem Handy: 28 Anrufe in Abwesenheit – absurd, so alt wurde sie heute – und 23 SMS zeigte es mit ungerührter Präzision an. ›Ich wollte mich doch nur kurz hinlegen, der Nachtdienst war echt hart, das darf doch alles nicht wahr sein.‹ Er zog sich in Windeseile an, stopfte Blumen, Sekt und Geschenk in seine Sporttasche und raste los. Von unterwegs versuchte er, Jasmin zu erreichen, aber ihr Handy war ausgestellt. Er läutete Sturm, doch sie öffnete nicht. Er benutzte zum ersten Mal ihren Wohnungsschlüssel, den sie ihm erst kürzlich gegeben hatte. Sofort sah er sie. Er sah das Blut, das aus ihrem Hals floss, er sah das zerfetzte Kleid, er fühlte ihren Puls und rief den Notarzt. Er wusste ja, was zu tun war. Er schüttelte sie, rief ihren Namen, sie wurde kurz wach, verlor aber wieder das Bewusstsein. »Bist du verrückt«, brüllte er, »du könntest doch tot sein.« Der Notarzt versorgte sie so gut es ging und verfrachtete sie in den Krankenwagen. Ticino hatte sich unter den Sessel verkrochen.

Er saß neben ihr im Krankenwagen, sie kam zu sich und lächelte, als sie ihn sah. »Warum hast du das getan«? rief er außer sich. »Ich habe doch nur verschlafen! Schau hier, ich wollte dir heute zur Feier des Tages einen Antrag machen«, er fummelte zitternd den Ring aus der Tasche, er fiel zu Boden, der Wagen raste aber auch so. Er kam sich selten so kläglich vor. Schließlich hielt er ihn dicht vor ihre Augen, »siehst du das?« Sie lächelte immer noch, war aber kurz darauf wieder weg.

Im Krankenhaus konnte man sie stabilisieren, sie würde überleben, die Blutungen waren gestoppt, aber sie war sehr schwach und leichenblass. Man schob sie auf die Intensivstation. Noch einmal versuchte Jacob, seinen Antrag zu wiederholen und kramte erneut den Ring hervor. Er kam sich dämlich, bescheuert und lächerlich vor. Aber das war ihm egal. Sie reagierte kaum. Den Ring legte er auf ihr Nachtschränkchen. Inmitten all der Utensilien aus Ampullen, Röhrchen und Plastikzeugs, sah er wie ein Fremdkörper aus. Irgendwann ging er völlig erschöpft auf seine Station, um sich einen Moment hinzulegen, die Nachtschwestern hatten ihn darum gebeten.

Dann waren unerwartet Komplikationen aufgetreten. Eine unentdeckte Blutung. Das Blut hatte sich in ihren Bauchraum ergossen. »Aber sie hat nicht leiden müssen«, sagte sein Oberarzt und tätschelte Jacob dabei etwas ungelenk den Unterarm. Woher wissen das die Ärzte eigentlich immer so genau, dachte er zornig, dass jemand nicht leiden musste. Und selbst wenn. Wer stirbt denn schon gern mutterseelenallein?

Ein paar Tage später bekam er einen wattierten Umschlag, darin lag der Verlobungsring. Die Reinigungskräfte hatten ihn unter dem Bett gefunden. Vielleicht hatte sie ja noch versucht, ihn sich über den Ringfinger zu streifen.

Mitten im Leben

Nana sauste die leicht abschüssige Landstraße mit ihrem Rad hinunter. Es war eine alte Klapperkiste, die aber ihren Zweck erfüllte, und das Licht funktionierte auch noch. Erste Sonnenstrahlen brachen sich durch die dichten Tannen und ließen den Raps auf den Feldern in einem schrillen, unwirklichen Licht erstrahlen. Sein schwerer, süßer Duft verschlug ihr fast den Atem. Die Luft war noch frisch, aber es würde sicher wieder ein strahlender, warmer Frühsommertag werden. Sie summte *Guten Morgen, Sonnenschein* vor sich her, das nervte sie furchtbar, aber sie kam nicht dagegen an. Ihre Mutter hatte Nana Mouskouri vergöttert, sie lief den lieben langen Tag, dazu plärrte der Fernseher, auch den ganzen Tag lang. Nur deshalb hatte ihre Mutter sie ›Nana‹ getauft. Ein Name, für den sie in der Grundschule gehänselt wurde, der klang so komisch und fremd, nicht wie ›Ute‹ oder ›Gisela‹. Gekränkt stellte ihre Mutter später fest, dass sie rein äußerlich so gar nichts mit ›ihrer‹ Nana, von der sie immer wie von einer besten Freundin sprach, gemein hatte. Sie war eigentlich das genaue Gegenteil. Schon als Kind war sie recht groß und sehr dünn, ›spiddelig‹, sagte ihre Großmutter, und ihre Haare waren straßenköterblond, fein, fusselig und immer kurz geschnitten. Später hatte sie versucht, ihre Haare durch eine Tönung und Dauerwelle aufzupeppen, jetzt war die längst rausgewachsen, aber Nana fand nicht die Zeit, sie auffrischen zu lassen. Und das, obgleich sie selbst Friseurmeisterin war.

»Der Schuster trägt halt auch die schlechtesten Schuhe«, lachte sie die eindeutigen Kommentare ihrer Kolleginnen einfach weg. Eigentlich wollte sie diesen ganzen Zirkus der Verschönerung überhaupt nicht mehr. Und wie ›die Mouskouri‹ würde sie eh nie aussehen.

Sie würde heute, wie immer, die erste im Salon sein, in *ihrem* Salon. Wer hätte gedacht, dass dies einmal aus ihr werden würde. Sie selbst am allerwenigsten. Sie freute sich auf den Arbeitstag und ging im Geiste ihr Morgenritual durch: Kaffee aufsetzen, Wechselgeld in die Kasse, Trockenhauben prüfen und nochmal drüber wischen, Zeitschriften sortieren und griffbereit anordnen, im Fächerkreis. Dann konnten die Kunden kommen. Meist kamen nur ältere Kundinnen, meine ›Plus-sechzig-Ladies‹, sagte Nana immer. Sie lebte halt auf dem Land, die Jugend sah zu, rasch in die Stadt zu kommen.

Besonders freute sie sich, wenn Erika kam. Sie war die Inhaberin der Wäscherei am Platz. So roch sie auch: immer nach frisch gemangelter Wäsche.

Erika hatte das Herz auf dem rechten Fleck, wer konnte das schon von sich sagen? Sie drückte sie dann an ihren großen, weichen Busen und sagte jedes Mal: »Ach, Kindchen, ich weiß, wie schwer du es hattest, toll, was du hier geschaffen hast!«
Erika war ihr großes Vorbild. Denn sie hatte es auch nicht leicht gehabt. Erst war ihr Mann an Krebs gestorben, dann war sie selbst schwer erkrankt. Aber Erika hatte nie den Mut verloren und unverdrossen weiter gemacht, so gut es eben ging. Nana bewunderte im Sommer immer die Pracht der Stockrosen, die in Erikas Garten malvenfarbig und rot so üppig blühten. Nana bekam die nie so hin.
Die Kundinnen hatten oft nur die üblichen Wünsche: waschen, legen, föhnen, färben, Dauerwelle, Augenbrauen zupfen, nichts Außergewöhnliches. Aber sie mochte dieses Gleichmaß, da in ihm keine unwägbaren Gefahren lauerten. Sie plauderte mit den Damen, hörte sich ihre Sorgen an, wurde mit dem neusten Dorfklatsch versorgt und bekam oft ein recht ordentliches Trinkgeld. Sie hatte zwei Mitarbeiterinnen einstellen können und vor kurzem sogar eine Kosmetikerin, Tilda, die kümmerte sich dann um das Wohl der abgearbeiteten, schwieligen, krummen Gicht- und Arthritis-Hände. Ebenso um die Hühneraugen,

versorgte Fußpilze und eingewachsene Nägel und versuchte, den alten Damen mit der Pflege ihrer Füße eine gewisse Würde zurückzugeben. »Mensch«, sagte Tilda nach einem langen Arbeitstag voller Anerkennung oft zu Nana, »was diese Füße nicht alles aushalten mussten, wie viele unzählige Kilometer die wohl zurückgelegt haben.« In den Nägeln, schiefen Ballen und Verhornungen waren die Schicksale von Krieg, Flucht und Vertreibung, aber auch von harter Haus- und Feldarbeit wie eingekerbt. »Wenn die Füße erzählen könnten, würde man sicher ganz gruselige und traurige Geschichten hören.« Darüber sprachen die Kundinnen aber nicht, sondern über die Ernte, die Enkel, den schnarchenden Mann oder ihre Darmprobleme.

Am Abend, wenn sie alles erledigt hatte, was es als Chefin so zu tun gab, dann fuhr Nana denselben Weg zurück und legte so täglich eine Strecke von fast sechzehn Kilometern zurück. Dann freute sie sich auf ihre »Villa« am Waldrand, die genau genommen eine alte Baracke war, aber mit einem großen Garten, vielen Obstbäumen und Sträuchern.

Und sie freute sich auf Franz, ihren Mann, mit dem sie nun schon so ewig zusammen war. Franz war klein, untersetzt, kräftig, mit großen, schwieligen Händen, da er zeit seines Lebens auf dem Bau gearbeitet hatte. Das tat er immer noch, nahm aber auch alle anderen Aufträge der Nachbarn im Dorf an. Da gab es immer und jede Menge zu tun. Denn die alten Leute wollten ihre Gehöfte, Häuser oder Wohnungen nicht verlassen, selbst wenn sie mit deren Instandhaltungen inzwischen heillos überfordert waren. Franz machte das gern, ihn rührte auch die Dankbarkeit der alten Leute, die ihn mit glücklichen Gesichtern verabschiedeten, immer noch einen Kuchen, Eingemachtes oder Wurst mit auf den Weg gaben, wenn er Leitungen oder das Dach repariert oder einfach nur die Auffahrten vom Schnee befreit hatte.

Franz war in der Schule nicht der Hellste. Lesen, Schreiben und Rechnen waren nicht seine Stärken. »Mein Vater hat mir halt mein Hirn zu Brei geschlagen, da hat er immerhin mal ganze Arbeit geleistet«, sagte Franz einmal mit Ironie und einer Spur von Bitterkeit zugleich. Er war aber der erste in der Klasse, der ein Mofa hatte, eine Puch Maxi, orange-metallic. Natürlich hatte er sie getunt, nun fuhr es fast 50 km/h statt der erlaubten 25 km/h. Und Franz war ein begnadeter Fußballspieler, dadurch konnte er seine Schwächen wettmachen, sich zumindest der Anerkennung seiner Mitschüler sicher sein. Auch ihrer, denn sie stand oft am Spielfeldrand, bestaunte diesen kleinen, kräftigen und wendigen Jungen und war schon da unsterblich in Franz verliebt.

Nun spielte Franz längst keinen Fußball mehr. Wenn er abends heimkam, kümmerte er sich um das Haus, die schwereren Arbeiten im Garten und wartete auf Nana. Nach dem Abendbrot saßen sie draußen auf ihrer Feierabendbank – und im Winter in der Essecke in der Küche, wo es immer schön warm war. Franz tätschelte dann mit rauen Händen ihren Arm, und gemeinsam warteten sie auf den Sonnenuntergang. Dann schlief Franz meist recht früh auf der Couch ein, selbst sein Bier schaffte er oft nicht ganz, auch den Krimi nicht. Nana ging eher spät zu Bett, weil sie entweder noch ewig im Garten herumpusselte, das Obst einsammelte, Marmelade einkochte oder die Wäsche machte. Und dann kam, neben dem Garten, ihr größtes Vergnügen: Lesen. Nana las immer, ständig und viel. Sie liebte die Reader's Digest-Hefte, aber auch Romane verschlang sie. Vor allem Liebensromane, aber solche mit Tiefgang, keinen Kitsch, das mochte sie nicht, auch keine Krimis. Früher hatte sie die Bücher in der Bibliothek im Dorf ausgeliehen, diese wurde aber irgendwann geschlossen, auch der Bücherbus war eingestellt worden. Reader's Digest hatte sie für den Salon abonniert und konnte die Hefte über die Steuer absetzen. Bücher waren der einzige

Luxus, den sie sich leistete. Außerdem hatte sie eine Büchertauschbörse im Netz entdeckt, das klappte prima. Ihre absoluten Lieblingsbücher waren *Eine Liebe, in Gedanken* und *Ein schönes Paar*. Die las sie immer wieder und war froh, dass sie ihren Franz hatte, sie nicht Trennungen, Verfehlungen, Unglück und Betrug durchleiden musste. Sie liebte Franz von Grund auf, und Franz liebte sie. Er konnte mit ihrer Leserei und den Büchern nichts anfangen, aber das störte sie nicht, ohnehin sprach er nicht viel, auch das machte nichts, es reichte, dass er einfach da war.

Sie hatte am Ende doch alles richtig gemacht, stellte sie mit Stolz, vor allem aber mit großer innerer Zufriedenheit fest. Sie stand mitten im Leben. Sie war angekommen.

Franz und sie hatten schon lang nicht mehr mit einander geschlafen, aber Sex war beiden noch nie so wichtig, sie schliefen inzwischen auch in getrennten Zimmern, da Franz nachts immer den ganzen Wald hinter dem Haus zersägte.

Auch Kinder hatten beide nicht gewollt. Mit fünfzehn war sie schwanger geworden. Von ihrem Vater. Als sie sich schließlich ihrer Mutter anvertraute, sagte diese bloß: »Sieh zu, dass du das Blag loswirst.« Nana fand einen Arzt, der ihr half, das Kind abzutreiben. Am Abend kehrte Nana, bleich und zittrig, nach Hause zurück. Ihre

Mutter lag, wie immer, stockbesoffen auf der Couch und brüllte: »Mit einer solchen Schlampe will ich nicht mehr unter einem Dach leben, sieh' zu, dass du Land gewinnst.«

Sie wusste nicht so recht, wo sie Land herbekommen sollte, aber am nächsten Morgen zog Nana aus. Erst zu einer Schulfreundin, Petra, dann zu Frau Weber, einer Bekannten von Petras Mutter. Gerburg Weber war pensionierte Musik- und Religionslehrerin und hatte in ihrem großen Haus, in dem sie alleine lebte, viele Zimmer frei. Frau Weber war schweren Herzens aus der Großstadt zurück zu ihren Eltern gezogen, um sie bis zu ihrem Tod zu pflegen, sie waren innerhalb eines Jahres verstorben. Ihr blieben das Haus und grässliche Erinnerungen an ihre Kindheit.

Miete brauchte Nana keine zu zahlen, dafür sollte sie sich um Haus und Garten kümmern, da Frau Weber zunehmend unter ihrer Gicht litt, die ihre Finger krümmte und schmerzen ließ. Sie gab aber immer noch einigen Schülern Klavierunterricht, »für diese unmusikalischen Landeier reicht es«, grummelte Frau Weber mit Abscheu in der Stimme. Der Flügel thronte mächtig und lackschwarz im Salonzimmer. Nana wollte sie das Klavierspiel aber nicht beibringen: »Das lohnt sich nicht mehr, du bist zu alt. Über den ›Flohwalzer‹ würdest du nicht mehr hinauskommen«, sagte

Frau Weber in ihrer entschiedenen Art, die keinen Widerspruch duldete.

Anfangs wollte Frau Weber, dass Nana sie mit ›Fräulein‹ anredete, weil sie stolz auf ihre Keuschheit war. Nana konnte sich unter ›Keuschheit‹ nicht so recht etwas vorstellen, aber das bekam sie einfach nicht hin. »Wir leben doch nicht mehr im 19. Jahrhundert, Frau Weber«, sagte sie zu ihr. Frau Weber beließ es dann dabei.

Eigentlich kamen beide ganz gut miteinander zurecht. Solange sie tat, was Frau Weber wünschte und befahl, war alles in Ordnung. Und Nana liebte vor allem die Gartenarbeit. Alles, was sie heute über Pflanzen und Blumen, Düngen und Säen wusste, hatte sie von Frau Weber gelernt. Manchmal zitierte Frau Weber sie zu nachmittäglichen Vorlesestunden. Die liebte Nana auch, denn noch nie in ihrem Leben hatte ihr jemand vorgelesen. Erst war über viele Wochen die Bibel dran. Nana hatte es nicht so mit Gott und ging auch nicht die Kirche, wie es im Dorf üblich war, aber die Bibelgeschichten waren überwältigend für sie. Da war ja alles drin, was sie kannte: Hass, Wut, Rache, Neid, Eifersucht, Unrecht, seelische und körperliche Qualen, Mord, Totschlag – und manchmal auch ein bisschen Liebe. Gebannt hing Nana an den schmalen, bleichen, ungeküssten Lippen von Frau Weber, die ohne große Betonung, aber fehlerfrei las.

Dann kam Goethe dran. Einiges fand sie langweilig, aber der *Werther*, der hatte es ihr angetan. Aber sie war auch irgendwie sauer auf *Werther* und genervt von ihm, dass der nur mit sich und seinem Leiden beschäftigt war. Er sah überhaupt nicht, wie es Lotte ging, und wie zerrissen sie war. Und dass sie auf ihre Weise doch beide liebte. Außerdem musste sie sich auch noch um ihre Geschwister kümmern, sie hatten ja keine Mutter mehr, das interessierte *Werther* alles nicht im Geringsten.

Auch verstand sie nicht, warum *Werther* sich nicht eine Frau suchte, die nicht schon einem anderen versprochen war. Er war doch noch jung und schlau, sicher hätte er viele Chancen gehabt. Ergriffen war sie allerdings immer von der ›Klopstockszene‹, dieses wortlose gegenseitige Verstehen, diese verschmolzene Innigkeit, ein bisschen so, wie Franz und sie heute auf der Feierabendbank. Sie hatte sich die Zeilen irgendwann rausgeschrieben, auch wenn sie die Sprache schon sehr blumig und überspannt fand, waren sie wunderschön.

»Sie stand auf ihren Ellenbogen gestützt, ihr Blick durchdrang die Gegend, sie sah gen Himmel und auf mich, ich sah ihr Auge tränenvoll, sie legte ihre

Hand auf die meinige und sagte: – Klopstock! – Ich erinnerte mich sogleich der herrlichen Ode, die ihr in Gedanken lag, und versank in dem Strome von Empfindungen, den sie in dieser Losung über mich ergoß.«

Aber dass er sich am Ende umbringt und in den Kopf schießt, das Gehirn auf den Boden sickerte, das fand sie dann doch etwas übertrieben. Traurig, aber auch so endgültig und unwiderruflich. Danach musste sie sich dann immer mit Gartenarbeit beruhigen, um wieder zu sich zu kommen, so ergriffen war sie von den Geschichten aus der Bibel, vor allem aber von *Werther.*

Frau Weber half ihr auch, den Realschulabschluss zu bestehen und erfolgreich durch die Lehre als Friseuse zu kommen. Das war in den Augen von Frau Weber nun wahrlich kein Traumberuf, aber Nana konnte sie davon überzeugen, dass er zumindest absolut krisensicher sei. Besser als Bestatterin, die auch immer gebraucht würde, allemal. Dass sie schließlich auch noch ihren Meister machte, rang Frau Weber sogar ein anerkennendes Lob ab.

Eines Nachts wurde sie davon wach, als sie etwas Eiskaltes zwischen ihren Beinen spürte. Zu Tode erschrocken fuhr Nana hoch und sah Frau Weber auf ihrer Bettkante sitzen. Ihre schütteren Haare waren aus dem stets strengen Dutt gelöst und hingen in grauen Strähnen herunter. Ihr Kopf war leicht nach hinten geneigt, die Augäpfel bedrohlich weggerutscht. Auf der Oberlippe hatten sich Schweißperlen gesammelt, die in den unzähligen Falten wie winzige Flüsschen aussahen. Sie trug ihren abgewetzten, rosafarbenen Frotteemorgenmantel und rieb mit der einen gichtigen Klavierhand zwischen den eigenen und mit der anderen zwischen Nanas Beinen herum. Dazu fiepte sie ganz merkwürdig. Nana sagte keinen Mucks und rührte sich nicht, weil sie fürchtete, dass Frau Weber ohnmächtig werden oder schlimmer noch: sterben könnte, wenn sie sich bewegte. Plötzlich stieß sie einen hellen, kurzen Seufzer aus und kam wieder zu sich.

Frau Weber setzte augenblicklich ihre strenge Lehrerinnenmine auf, schob sich das feuchte Haar aus dem Gesicht und sagte mit kalter, schneidender Stimme: »Das hast du alles nur geträumt, hast du mich verstanden?« Nana nickte, und Frau Weber eilte aus dem Zimmer.

Ende der Woche zog Nana aus, das war jetzt doch alles zu viel für sie. Frau Weber schenkte ihr zum Abschied eine abgegriffene Reclam-Ausgabe von Goethes *Die Leiden des jungen Werther*. Sie legte sie oben auf ihre Reisetasche, als wollte sie Nana nicht noch einmal ungefragt berühren. Auch meinte sie einen Anflug von Scham und Schuld auf dem Gesicht von Frau Weber zu erkennen, aber sie konnte sich natürlich auch täuschen. Zugleich empfand Nana, trotz allem, auch Dankbarkeit.

Zu ihrem großen Glück fand sie kurz darauf das Häuschen am Waldrand. Es hatte schon lange leer gestanden und war ganz verwahrlost, da keiner es mieten wollte. Es hieß, da sei mal jemand drin umgebracht worden, ein Fluch läge auf dem Haus, auch der Mörder wurde nie geschnappt. Das machte Nana keine Angst, sie war nur unendlich froh, endlich für sich sein zu können, ein eigenes Zuhause zu haben, das sie herrichten konnte, wie sie es wollte. Und dass da niemand mehr war, der ihr irgendetwas tat, was sie nicht wollte.

Auf dem jährlichen Schützenfest im Dorf traf sie Franz wieder. Er hatte über lange Zeit auf dem Bau an der Küste gearbeitet, er war sonnengegerbt, das stand ihm gut. Nach dem dritten Bier fragte er sie, etwas schüchtern und linkisch, ob sie es mal zusammen probieren wollten. Nana wollte. Sie war sich sicher, dass von Franz keine Gefahr ausging. Mit Frauen hatte er nie so richtig Glück gehabt, die wollten dann doch immer eher etwas ›Besseres‹, was er nicht bieten konnte. Für Nana war er genau richtig.

Kurz darauf zog er zu ihr ins Häuschen, das sie ihre ›Villa‹ tauften. Sie kamen gut miteinander aus, teilten sich die Aufgaben in Haus und Garten und waren auf ihre Art glücklich miteinander. Zum Geburtstag hatte Franz ihr mal einen selbst gebauten Apfelpflücker geschenkt. Der Stiel war aus Kirschholz, den er aus einer gefällten Kirsche im Garten geschnitzt und stundenlang poliert hatte. Am oberen Ende hatte Franz einen Korb aus lackiertem Stahldraht angebracht, der ihn bei der Herstellung fast zur Verzweiflung gebracht hatte, weil immer wieder ein Draht abgebrochen oder verrutscht war. Nana war gerührt und überwältigt vor Freude. »Der schönste Apfelpflücker der Welt«, juchzte sie unter Tränen.

Das einzige, was sie an Franz störte, war, dass er immer mit seinen dreckigen Arbeits- und Gartenschuhen ins Haus stapfte und sich aus den dicken Profilsohlen matschige Klumpen lösten, die sich auf Boden und Teppich verteilten. »Ich bin immer so in Gedanken«, entschuldigte sich Franz kleinlaut. Aber sie wusste, dass er auch morgen wegen seiner ›Gedanken‹ die Schuhe nicht vor der Tür ausziehen würde.

Sie küsste ihn auf seine schwitzige Glatze.

Nana war versunken in ihre Abrechnung im Salon, als die Türglocke bimmelte und eine große, dunkel gekleidete Gestalt hereinkam. Männer verirrten sich so gut wie nie hierher, meist erledigten die Frauen daheim das Nötigste an Körperpflege. Der Mann trug Zimmermannskleidung, mit einem leicht geöffneten weißen Hemd, auf dem sich Arbeitsspuren abzeichneten. Sie schaute ihn verdutzt an, als er sagte, »ich dachte, die könnten mal in Form gebracht werden«, dabei zuppelte er mit der rechten Hand an seinen Haaren herum. »Der aber auch«, lachte Nana, und zeigte auf seinen Bart. Er zog sein linkes Bein leicht nach. Er sah nicht auffallend gut aus, hatte aber ein spitzbübisches, schönes Lachen. Sie ließ ihn auf dem Sessel vor den Spiegeln Platz nehmen, trat hinter ihn und langte mit Kennergriff in sein dunkles, volles Haar, um Struktur und Dichte zu prüfen. Es roch ein wenig ungewaschen, war leicht staubig und verströmte zugleich einen verlockenden Duft nach Holz und Harz. Als seine Haare durch ihre Finger glitten, spürte sie plötzlich eine heiße Welle in ihren Bauch schießen, die sich zwischen ihre Beide ergoss. Nana wurde rot. Der Mann lächelte sie aus dem Spiegel heraus an. »So schlimm?«, fragte er verschmitzt. »Nein, nein«, stammelte Nana, »das kriegen wir schon hin.« Sie wusch, schnitt und föhnte die Haare und tat dies ein weinig forscher und betriebsamer, als bei ihren alten Damen. Denn sie fürchtete, dass diese Welle sich wieder in ihr ausbreiten könnte, die tief in ihr lauerte. »Ich heiße übrigens Edgar, Edgar Hansen, die meisten nennen mich aber Eddie«, sagte er etwas unvermittelt. Und du?« Der Spitzname gefiel ihr nicht so gut. »Ich heiße Nana, das ›Du‹ ist schon okay.« »Echt? Wie Nana Mouskouri?« Nana verdrehte die Augen. »Ja, genau wie die, aber bitte keine weiteren Fragen.« Sie lächelte, um die Schärfe ihrer Ansage zu mildern. »Okay, okay«, sagte er und hob die Arme: »Bitte nicht schießen oder mit der Schere abrutschen.« Schließlich schnitt sie noch seinen Bart in Form und kam ihm dabei so bedrohlich nah, dass ihre Hände zu zittern begannen. »Zu viel Kaffee heute«, entschuldigte sie sich. Als er aufstand, fiel ihr wieder auf, wie groß und kräftig er war. Sie huschte hinter ihren Tresen und machte die Rechnung fertig. Er gab ihr ein üppiges Trinkgeld, das sie erst nicht annehmen wollte. »Doch, bitte«, sagte er, »so gut habe ich schon lang nicht mehr ausgesehen. Oder, was meinst du? Ich komme in jedem Fall wieder, Nana«, er schmunzelte, und sie drohte ihm zum Spaß mit der Faust.

Als er weg war, versuchte sich Nana zu fassen. Sie war unruhig, verwirrt, ganz aufgelöst. Sie ging ins Bad, ihr Gesicht glühte und war seltsam verrutscht. ›Benimm dich nicht wie eine alberne Göre, reiß' dich mal zusammen‹, hörte sie die Stimme ihrer Mutter fluchen. Den Tag über versuchte sie, sich zu benehmen, wieder ›normal‹ zu werden, aber irgendetwas in ihr war wie aufgerissen, wie entfesselt, ein wildes Tier lauerte in ihrem Körper, das in seinem Käfig schnaubte und endlich rauswollte. Und Nana hatte große Angst, dass es kein Zurück mehr gab, dass dieses Tier durch nichts zu besänftigen war, außer, man ließ es dorthin, wo es hinwollte.

Zwei Wochen später erschien Edgar wieder. Sie spürte eine überwältigende Erleichterung. Von nun an kam er fast wöchentlich, die Haare schnitt sie nicht, sonst würden die zu kurz, sie wusch sie nur und kümmerte sich um seinen Bart. »Na, da hat es aber jemanden erwischt«, sagte Tilda unüberhörbar neugierig und neckend. Auch den Damen war der häufige Herrenbesuch nicht entgangen. Blicke wurden getauscht, die Nana unangenehm waren. »Ach Quatsch«, sagte Nana, »vielleicht ist der nur ein bisschen einsam.« Als er wiederkam und sie allein im Salon waren, sagte sie, »du kannst nicht so oft kommen, die Leute reden schon, auch meine Kolleginnen.«

»Dann musst du eben zu mir kommen«, sagte er entschieden und sehr ernst. Er schrieb ihr hastig seine Adresse und Telefonnummer auf einen Zettel, »das ist im Nachbardorf, andere Richtung«, er wies mit seinem Kopf nach links.

Edgar kam nun nicht mehr, und sie wusste nicht, was sie tun sollte. Ihn nie mehr wiederzusehen, war eine unerträgliche Vorstellung. Ihr Körper war wie von Sinnen, er schrie und brüllte und sehnte und wollte, bedingungslos. Sie stürzte sich in die Gartenarbeit, las bis spät in die Nacht, aber nichts half. Oft fiel ihr nun *Werther* wieder ein, der ja auch so rasend vor ungestillter Leidenschaft war. Sie war jetzt etwas gnädiger mit ihm und seiner Besessenheit.

Eines Abends, als Franz schon zu schnarchen begann, schnappte sie sich ihr Rad und fuhr in Richtung Edgars Dorf. Es war stockfinster, aber den Weg hatte sie sich im Netz schon unzählige Male angeschaut. Außerdem fürchtete sie sich nicht vor der Dunkelheit. Erhitzt und nervös stand sie vor Edgars Haus, sie klingelte. Sofort drückte er auf den Summer. Sie wollte umdrehen, ihr wurde schlecht, jetzt hatte sie noch die Möglichkeit, alles ungeschehen zu machen. Aber sie fürchtete, dass das tobende Tier in ihr sie dann in Stücke reißen und sie verbluten würde.

Mit rasendem Herzen stieg sie die Treppen hoch, als sie ihn im zweiten Stock in der Tür stehen sah, er füllte den Rahmen mit seinem Körper ganz aus und grinste. »Ich bin froh, mich nicht getäuscht zu haben. Komm«, sagte er zärtlich. Seine Wohnung roch muffelig nach alleinstehendem Mann. Auch die Einrichtung wirkte alleinstehend, alles schlicht, funktional. Tisch, Stuhl, Sofa, Bett und ein riesiger Fernseher. Er bot ihr etwas zu trinken an, und sie stürzte die Apfelsaftschorle in einem Zug runter.

Er stand nun dicht vor ihr, streichelte ihre Wangen, ihr Haar, mit rauen Handwerkerhänden, die ihr von Franz so vertraut waren. Ihr Kopf sank auf seine Brust. Sie fing an zu beben, dann zu schluchzen, alles ihn ihr war in Aufruhr: ihr Herz, die Eingeweide, ihre Vagina. Edgar lenkte sie zum Sofa und streichelte sie immer weiter.

In abgehakten Sätzen stürzte ihr Leben aus ihr heraus. Ihre saufende Mutter, der sie jahrelang vergewaltigende Vater, das Kind, die Abtreibung, Frau Weber, ihre komischen Zuckungen. Auch fiel ihr plötzlich wieder ein, dass sie ihren Vater nur noch einmal wiedergesehen hatte. Auf der Dorfkirmes. Er stand vor *Bernie's Grill* und stopfte eine Bratwurst in sich rein. Fett glänzte auf seinem Kinn und aus seinen Mundwinkeln quoll der Senf. Und von Franz erzählte sie, dass sie ihn liebte, schon immer. Alles.

Edgar blieb ganz ruhig und fing an, sie auszuziehen. Als sie nackt war, betrachtete er sie. Sie schämte sich. Denn was er sah, war kein schöner Anblick: blasse Haut, durch die die Adern zu sehen waren, flache Brüste, Dehnungsstreifen hatten ihren Bauch zerfurcht, helle Linien hoben sich trotz der Blässe ab. Sie fühlte sich fürchterlich. Aber Edgar streichelte sie weiter, hob sie auf und trug sie zum Bett. Sie wog ja kaum etwas. Es gab hier jetzt kein Entrinnen mehr. Und sie wollte es ja auch, so sehr, dass ihr schwindelig wurde, als Edgar in sie eindrang, ganz zart, nicht so gierig und ohne Schnaufen, nicht wie ihr Vater, manchmal auch Franz. Sie fühlte plötzlich eine große Ruhe, Wärme und ein ihr ganz und gar fremdes Aufgehobensein. Später betrachtete sie ihn, diesen großen, muskulösen Mann, mit der dunklen Narbe am Bein. »Arbeitsunfall«, sagte Edgar, als er sah, wo ihr Blick hängengeblieben war. »Wieso lebt ein Mann wie du allein, das kann doch gar nicht sein?« »Meine Frau ist kurz nach unserer Hochzeit gestorben, an einem Herzinfarkt, einfach so ist sie umgefallen und war tot. Es war ein unentdeckter Herzfehler. Danach war ich durch mit der Liebe«, sagte Edgar leise und tonlos. Nach ihrem Tod war Edgar als Zimmermann auf die Walz durch ganz Europa gegangen. »Das ist das Tolle an meinem Beruf, man wird immer und überall gebraucht«, erzählte er weiter. Italien, vor allem die *Cinque Terre,* hätten ihm am besten gefallen. Er habe auch mit zahllosen Frauen geschlafen, wahllos, aber geliebt hatte er keine mehr, das war ihm zu riskant. Überhaupt unterhielten sie sich viel, das kannte sie gar nicht, es war so selbstverständlich. Eng umschlungen sprachen sie in die Nacht hinein. Nur von seinen Eltern erzählte er nichts. »Ach, Nana«, sagte er dann erschöpft, »was soll ich sagen, das war einfach alles eine riesengroße Scheiße.«

Nach seinem Unfall war er nach Deutschland zurückgekehrt, in diese Wohnung, die er von seiner Frau geerbt hatte. »Ein Zimmer, Küche, Bad, ist doch alles da«, sagte er und breitete dazu seine großen Armen aus, als zeigte er ihr seinen Palast. Er hatte sich nun als Zimmermann selbstständig gemacht, Aufträge gab es genug. Und sehr gut verdienen tat er auch.

»Und wieso ich?«, fragte Nana zögerlich, fast ängstlich, als wollte sie Antwort gar nicht hören. »Du?«, er verstand sofort, wonach sie fragte. »Ich weiß es nicht, woher weiß man das schon, warum man sich verliebt oder jemanden zu lieben beginnt. Weil du so schön Haare schneiden kannst und Nana heißt.« Sie knuffte ihn. »Ich glaube, du strahlst aus, dass du auch allein, ohne Mann, zufrieden und glücklich sein kannst, dass du dir selbst genug bist. Für dich muss ich nicht irgendetwas oder irgendwer sein, der dich füllt oder ganz macht. Na ja, außer unserer Leidenschaft, das Körperliche, das hat dir gefehlt. Und mir auch, und wie es mir gefehlt hat. Du hast mir gefehlt. Ich habe mich von Anfang an so frei gefühlt, da war nichts verstellt oder eingeengt. Ich konnte einfach loslieben. So wie ich auch ein Haus oder ein Dach am liebsten ohne Pläne und Vorgaben baue.«

Auf ihren ungezählten Wegen durch Felder und Wiesen sang sie nun lauthals die ganzen Hits von Nana Mouskouri rauf und runter, textsicher war sie ja, wohl oder übel. Manchmal funkte ihr auch Vicky Leandros dazwischen, die mochte sie eigentlich viel lieber. ›Ich bin wie ich bin‹, fand sie klasse. ›Hab ein Herz wie die ander'n / Bin nicht gern allein /Doch ich liebe die Freiheit /Schau mich an /Du kannst nichts ändern daran. Bitte nimm mich so wie ich bin / Denn ich kann keine And're für dich sein / Doch liebst du mich so wie ich bin. /Wirst du's niemals bereu'n.‹

Das war zwar auch ein bisschen kitschig, aber ihr gefiel das mit der Freiheit und die Klarstellung, dass sie sich, um geliebt zu werden, nicht verändern wollte.

Durch die vielen Radfahrten waren ihr Körper, vor allem aber ihre Beine, straff und muskulös und durch die Sonne goldbraun geworden. Ihre Haare waren kurzgeschnitten und hatten ihre alte Farbe zurück, dunkelblond, einen Straßenköter sah sie nun nicht mehr, an den Stirnseiten schimmerten die Härchen hellblond. Ihre grau-blauen Augen glänzten wie ihre Wangen. Das Strahlen kam aber vor allem aus ihrem Inneren. Zum ersten Mal in ihrem Leben fand sie sich eine schöne, begehrenswerte Frau. Sie war jetzt dreiundvierzig. Franz schien tatsächlich nicht zu bemerken, was ihr widerfahren war, wann sie nachts das Haus verließ und wann sie zurückkehrte. Nur einmal sagte er in seiner unbeholfenen Art: »Der Sommer steht dir.« Aber er hegte keinen Verdacht, äußerte keine Zweifel oder sonst irgendein Unbehagen. So sehr sie dies erleichterte, kränkte es sie auch ein wenig. Sie schob das leicht ziepende Gefühl aber beiseite. Er vertraute ihr so ganz und gar, das war doch der Liebesbeweis schlechthin.

Zwei Jahre nun ging das nun schon mit Edgar. Und sie konnte sich gar nicht mehr vorstellen, wie sie ohne ihn hatte leben und atmen können. Sie fuhr die ganzen Jahreszeiten hindurch mit dem Rad. Im Herbst und Winter war es oft hart. Wind und Regen peitschten ihr ins Gesicht, das Glatteis brachte sie zum Schlingern. Manchmal verlor sie die Kraft und den Mut, auch Schuldgefühle flammten auf. Aber dann dachte sie an Edgar, an seine Arme, an seinen Körper, und sie beschleunigte, so gut es ging. Hin und wieder hatte er für sie gekocht, genauer gesagt, eine Lasagne oder eine Pizza aufgebacken, die sie Stück für Stück heiß und köstlich genoss. Sie schlief kaum noch, aber das schien ihr nichts auszumachen.

Kaum hörte sie das Schnarchen von Franz, machte sie sich auf den Weg, verbrachte die Nacht mit Edgar und sank nur für wenige Minuten in einen traumlosen und wohligen Tiefschlaf, nachdem sie sich geliebt hatten.

Gegen vier Uhr früh machte sie sich dann auf den Rückweg, um da zu sein, bevor Franz wach wurde.

Sie würde Franz nie im Leben verlassen, das war sie ihm schuldig. Und sie liebte ihn, daran bestand kein Zweifel.

Edgar drängte sie aber auch nicht, Franz zu verlassen, er wollte keine Veränderung. Es war gut so, wie es war. Er forderte auch nicht, dass sie ihm ganz gehören solle. Wusste er doch, dass er sie ganz hatte, wenn sie bei ihm, aber auch, wenn sie bei Franz war. Sie fand sich plötzlich so egoistisch und eigennützig wie *Werther*, der bedingungslos und ausschließlich geliebt werden wollte. Und schließlich wurde sie das ja, wie Lotte, von zwei Männern.

Sie hatte auch nicht wirklich ein schlechtes Gewissen, denn sie nahm ja keinem etwas weg. Fast das Gegenteil war der Fall. Sie konnte bei Franz bleiben, weil es Edgar gab und bei Edgar, weil es Franz gab.

Später als sonst hatte sie sich von Edgar verabschiedet. Sie musste nun wirklich einen Zahn zulegen, denn am Horizont war schon ein blasser

Schimmer zu erkennen, es dämmerte bereits. Als sie abgehetzt, aber beseelt um die Ecke bog, sah sie Licht im Haus. Panik ergriff sie. Sofort legte sie sich Erklärungen zurecht. ›Konnte nicht schlafen, bin ein bisschen 'rumgefahren.‹ ›War bei Tilda, der ging's nicht so gut.‹ Vor Schreck und Anspannung floss das Sperma von Edgar wie Brei in einem Schwall aus ihr heraus. Sie konnte es riechen und schämte sich.

Schlotternd öffnete sie die Tür und sah zuerst seine dreckigen Stiefel, Ärger stieg in ihr auf. Dann sah sie ihn ganz. Er lag neben der Heizung, ein wenig verdreht auf dem Boden. Der Kopf hing zur Seite, die Zunge schräg aus dem Mund. Um seinen Hals sah sie seinen abgewetzten Ledergürtel, der am anderen Ende um den Heizungsknauf gewickelt war. Franz hatte sich erhängt. Aus ihren Büchern wusste sie, dass dies die viel gebräuchlichere Selbstmordmethode war. Das Erhängen am Deckenbalken oder Haken kam vor allem im *Tatort* vor.

Auf dem Teppich neben ihm lag ein abgerissener Zettel aus dem Küchenblock. In ungeübter, krakeliger Schrift hatte Franz geschrieben: »Es tut mir leid, aber ich hette sonst Edga plat gemacht.«

Lost am Stadtrand

Bernhard steuerte seinen massigen, schwarzen SUV durch den regennassen Wald. Die Tannen, Lärchen und Kiefern sausten nur so an ihm vorbei. Er fuhr, wie immer, zu schnell. Ein Förster hatte ihm einmal gesagt, dass man auf dem Land, vor allem nach Einbruch der Dämmerung, nur 80 km/h fahren solle, dann blieben die Tiere unter dem Wagen, fuhr man schneller, dann würden sie über die Windschutzscheibe geschleudert und es käme zu hässlichen Unfällen. Bernhard fühlte sich in seinem Auto aber mehr als sicher, vielleicht wusste der Förster nicht, was ein SUV so alles abkonnte, dachte er etwas überheblich. Er war sehr stolz auf diesen Wagen, klar ein Statussymbol, aber seitdem er hier draußen wohnte, auch durchaus nützlich. Er hatte seine Burmester-Anlage laut aufgedreht und hörte *Everybody Hurts.* Er sang laut mit, das war sozusagen seine Hymne, vor allem in schwierigen Zeiten. Manchmal fragte er sich, wie es wohl wäre, wenn er den Wagen nur leicht verziehen würde. Er stellte sich vor, dann wie in einem himmlischen Tannendickicht und Moosbett zu landen, wohlig und sanft, alle Last würde mit ihm langsam in den weichen Waldboden sinken.

Er riss sich aus diesen Gedanken und versuchte, sich zu konzentrieren. Denn heute würde er es seiner Frau nun endlich sagen. Er probierte Wendungen aus: »Liebe Victoria, es tut mir leid, aber wir müssen uns leider trennen, ich habe mich verliebt und werde ausziehen.« Das klang so dämlich. Aber wie überbrachte man denn eine solche Hiobsbotschaft: »Liebe Victoria, ich habe dich wirklich sehr geliebt und bin dir für alles sehr dankbar, aber nun ist unser Weg zu Ende, ich habe mich verliebt, es ist ernst. Finanziell wird es dir und den Kindern an nichts mangeln.« Vielleicht hatte er doch zu viele *Rosamunde-Pilcher-Filme* gesehen, die er eigentlich gar nicht schaute, aber das klang auch bescheuert. Er war einfach nicht geübt in solchen Dingen. Das Reden war noch nie seine Stärke gewesen. Vielleicht sollte er einfach die Stimmung abwarten, in der sie war, wenn er heimkam. Schon sah er die Lichtung vor sich, und gleich würde sein großes weißes Haus, seine ausladende Villa mit zwei Flügeln, am rechten Straßenrand auftauchen, hell erleuchtet, strahlend, einladend. Bekannte hatten mal etwas abfällig gesagt, das Haus hätte zu viel Dallas-Denver-Protz, aber die waren eben einfach nur neidisch. Ja, das Haus war sehr groß und sehr weiß, auch der Lattenzaun der großen angrenzenden Koppel war weiß getüncht. Darauf wäre gut Platz für mindestens zehn Pferde gewesen, aber seine Kinder spielten Tennis und Hockey. Und ja, die Auffahrt war mit knirschendem Kies ausgestreut. Rechts war die bombastisch große Garage mit drei Stellplätzen. Und auch die Einrichtung sah ein wenig so aus, das zumindest hatte sein Freund Basti gesagt, wie eine Variante vom ›Weißen Haus‹ zu Barbara Bushs Zeiten: Großblumige Muster, ausladende Ledersofas und Sessel, flauschige Teppiche, riesige Lampenschirme, ein monströser, barocker, weißer Kamin, eine holzgetäfelte Bibliothek, viele überdimensionierte vergoldete Spiegel, sogar ein ›Herrenzimmer‹ gab es, mit zahllosen, teuren Whiskeysorten.

»Aber an Amerika ist ja auch nicht alles schlecht«, hatte er seinen Bekannten und Basti trotzig und gekränkt entgegnet.

Bernhard drosselte ein wenig das Tempo und bog in elegantem Schwung in die Auffahrt ein. Der Wagen seiner Frau, ein schwarzer Mini Cooper Cabrio, stand nicht in der Garage, viel Licht war im Haus auch nicht an. Er sackte innerlich zusammen, als verließe ihn schon jetzt aller Mut. Als er die Tür aufmachte und in die kathedralenähnliche Eingangshalle trat, kam ihm Stine entgegen, ihr schwedisches Au-Pair-Mädchen. Stine sah aus wie einem Buch von Inga Lindström entsprungen:

flachsblondes, dichtes, langes Haar, das sie meist zu einem Zopf trug, meerblaue Augen, immer zart gebräunte Haut und von einer Üppigkeit, die ihn schwindeln ließ. Stine war nicht nur stets fröhlich, sondern sie duftete wie ein frisch gebackener, mit Puderzucker bestäubter Apfelkuchen. Nur mühsam konnte er den oft unwiderstehlichen Impuls bezwingen, in ihre prallen Oberarme oder Brüste einfach hineinzubeißen.

Sie hopste beschwingt die weit geschwungene Treppe runter und rief, in ihrem niedlichen Akzent, dass die Kinder schon schlafen würden und seine Frau noch unterwegs in der Galerie sei. Ob er noch etwas essen wolle? Trotz ihrer ansteckenden Fröhlichkeit war Bernhard der Appetit augenblicklich vergangen, er trottete in die Küche, nahm sich ein Bier und setzte sich vor seinen in die Wand montierten Mega-Bildschirm. Lustlos zappte er durch die Kanäle. Bei Gregor hing sie also rum, diesem blasierten, eitlen Gockel, mit diesem albernen Einstecktuch im Sakko, der sich als Galerist und Mäzen für unwiderstehlich hielt. Ob sie wohl mit dem was hatte?

Manchmal dachte Bernhard gekränkt, dass sich Victoria nie für einen wie ihn entschieden hätte, wenn er sie nicht aus dieser tiefen, allumfassenden Trauer heraus gerettet hätte. Ihre so geliebten Eltern waren beide bei einem

Autounfall auf Mallorca ums Leben gekommen. Victoria war da eben erst Anfang zwanzig gewesen. Sie lernten sich kennen, als Bernhard als Bausachverständiger das Haus ihrer Eltern schätzen und die Mängel begutachten sollte. Sie war damals ein Schatten ihrer selbst. Untergewichtig, die langen, blonden Haare hingen ihr in Strähnen ins Gesicht, der Teint fahl, ihre Haltung leicht gebeugt, wie eine alte, von Trauer gekrümmte Witwe. Beide Eltern waren Zahnärzte gewesen, und auch Victoria schloss Jahre später ihr Zahnmedizinstudium ab, nachdem sie geheiratet und er sie wie ein wundes, krankes Tier aufgepäppelt hatte. Dann kamen die Kinder, erst ein Mädchen, Laura, und nur wenig später ihr Sohn, Lukas. Victoria gab ihren Job in der Praxis auf, kümmerte sich vorwiegend um die Kinder und dann um den Hausbau. Ein jahrelanges Mammutprojekt, wie sich herausstellte, weil alles nach seinen Entwürfen auf dem platten Land am Waldrand konzipiert worden war. Nur war er inzwischen kaum mehr da. Er hatte sich vom Maurer, Polier und Bauleiter schließlich zum Chef einer Baufirma hochgeschuftet, die nun international, vor allem in den Vereinigten Arabischen Emiraten, operierte. Er konnte gut mit den Leuten, er fand den richtigen Ton, mit den Gewerken ohnehin, aber auch mit den

Geschäftspartnern, Bankern und Investoren. Man vertraute ihm und seinem Sachverstand. Nur sein Englisch hatte ihm großen Kummer bereitet. Er sprach es anfangs einfach so gut wie gar nicht, er paukte fleißig mit Online-Angeboten, später mit Apps, aber gut kam er nicht voran. Er schämte sich und nahm schließlich Privatunterricht. Nun kam er ganz gut klar, aber sein erkennbar deutscher Akzent blieb und verriet, dass er kein Kind aus gutem, gebildetem Hause war, da war nichts zu machen.

Sein Vater war auch Maurer gewesen, musste aber frühberentet werden, da sein Rücken kaputt gearbeitet war. Seine Mutter verdiente als Putzhilfe dazu, aber das Geld reichte vorn und hinten nicht. Zu Hause wurde kaum gesprochen, entweder es lief das Radio oder der Fernseher, oder beides gleichzeitig. Irgendwie liebten sich die Eltern, auf sehr stumme und unabdingbare Weise. Auch versuchten sie für ihn, das Kind, da zu sein, aber vielleicht wussten sie auch nicht, was Kinder eigentlich so brauchten. Kurz vor der Geburt seiner Enkel hatte sich sein Vater im Wald erhängt, er mochte und konnte einfach nicht mehr. Bernhard fühlte sich irgendwie schuldig, dass er den Vater nicht hatte retten können, vor allem, dass er ihm so fremd geblieben war und er sich um ihn auch nicht mehr viel gekümmert hatte. Seine Mutter versank in bleierne Schwermut und wurde über Monate hinweg, still und heimlich, schmerz- und schlafmittelabhängig. Erst als sie wegen starker Unterbauchbeschwerden zum Arzt ging, wurde ein Entzug unumgänglich, der brutal und quälend gewesen sein musste.

Aber sie berappelte sich allmählich wieder und war nun ganz aktiv eingebunden in einem Kirchenkreis. Bernhard hatte ihr eine schöne Dreizimmer-Neubauwohnung gekauft, mit allem Drum und Dran. Wenn Bernhard nicht unterwegs war, dann holte er sie sonntags ab, und sie fuhren raus in seine Villa aufs Land. Sie schwiegen die ganze Zeit über, sprachen, wenn überhaupt, nur lose, unbezogene Sätze in die Weite der vorbeiziehenden Landschaft: »Wird ja schon wieder früh dunkel«, »Die Frau vom Pastor hatte eine schlimme Lungenentzündung«, »In Dubai war es affenheiß«, »Laura hat schon wieder eine Eins in Englisch geschrieben.« Unter diesem Flickenteppich der zusammenhanglosen Sätze lag die ganze Sprachlosigkeit ihres Lebens verborgen, das Grauen, das Elend und die bodenlose Fassungslosigkeit über den Selbstmord seines Vaters. In der Villa angekommen, stieg seine Mutter meist rasch aus, als floh sie vor all dem Ungesagten, spielte dann mit den Enkeln und kochte abends für alle die besten Königsberger Klopse der Welt.

Victoria musste sich also überwiegend allein um das Hausprojekt kümmern, stapfte in großen Gummistiefeln über die immer matschige Baustelle und las Anweisungen von Bernhard von ihrem iPad ab. Als sie schließlich mit Sack und Pack einzogen, waren alle erleichtert, aber auch zu Tode erschöpft. Victoria hatte anfangs noch die Einrichtungskonzeption korrigieren wollen, aber da war mit Bernhard kein Kompromiss zu schließen. Er wollte endlich einmal so wohnen, wie er es sich damals in der elterlichen Sozialbauwohnung erträumt hatte. Erst Jahre später hatte Victoria sich Stück für Stück getraut, das obere Stockwerk zu entschlacken und nach ihrem Geschmack, schlicht und modern, einzurichten, dazu gehörte auch ein schönes großes Atelier, mit Blick auf die Koppel und den Waldrand. Begeistert war Bernhard nicht, aber er nahm es hin. Mit ihrer Malerei konnte er so gut wie überhaupt nichts anfangen, hielt die für ein bisschen überspannt, je leidenschaftlicher sich Victoria darin vertiefte.

Bei einem dieser elenden Banktermine, in denen er um Kredite ringen musste, fiel ihm ein großflächiges, eher düsteres Bild im Foyer der Bank auf. Der Bankdirektor sah seinen Blick und sagte mit stolz geschwellter Brust: »Die ist ganz groß im Kommen. Da haben wir ein hübsches Sümmchen hinlegen müssen. Aber was tut man nicht alles für seine Kunden.«

Das Bild war gewaltig, in seinen Maßen umspannte es bestimmt 5 x 6 Meter, aber auch in seinem Motiv. Es war abstrakt, farblich überwiegend in Schwarz, Braun und Grau gehalten. Eine Mischung vielleicht aus Anselm Kiefer, Jackson Pollock und Lee Krasner. Zumindest ein wenig hatte er sich bei Wikipedia über Kunst informiert. Vor allem, weil er nicht auf den wenigen Vernissagen, zu denen er seine Frau begleitet hatte, wie der absolute Volltrottel dastehen wollte, inmitten all der Einstecktuchkunsthanseln.

Manchmal meinte er, einen Gebirgszug zu erkennen, dann düstere, undurchdringliche Wälder, kontrastiert durch hellere Schlieren oder Schatten, die sich durch das Massiv schlängelten. Große, breite Pinselstriche waren zu erkennen, die wie auf die Leinwand gepeitscht worden waren. Eine Anmutung von Dantes Hölle, zumindest wie Bernhard sie sich vorstellte. Es trug den Titel ›Lost am Stadtrand‹.

Als er dicht an das Bild herantrat, sah er auch den Namen der Künstlerin: Victoria Lasker. Bernhard wurde bleich und schwummrig. Das durfte ja nicht wahr sein, das Bild hier stammte von seiner Frau.

Und sie veröffentlichte ihre Werke offenbar unter ihrem Mädchennamen. Für einen Moment war ihm, als blickte er auf seine Scheidungs-urkunde, tiefer noch: in einen Abgrund.

Seine Frau war eine tolle Mutter. Sie liebte die Kinder, war zärtlich und bestimmt im Umgang zugleich, kreativ und originell, stundenlang konnte sie Spiele mit ihnen spielen, manchmal auch selbst ausgedachte. Die Kinder waren ausgelassen mit ihr, tobten durchs Haus, spielten Verstecken und liebten den Garten, den Wald und die Koppel. Bernhard konnte all das nicht. Schon als die Kinder klein waren, erlebte er sie wie Fremdkörper, traute sich nicht, sie auf den Arm zu nehmen oder zu wickeln. Später war er linkisch, ungeschickt und hölzern, er wusste überhaupt nicht, wie man mit Kindern spielte oder wie man ihnen nahekommen konnte, geschweige denn, wie man mit ihnen sprach. Er verlor schließlich durch seine vielen Auslandsaufenthalte völlig den Bezug zu ihnen. Die Kinder sprachen ihn später auch meist nur beim Vornamen und nicht mit ›Papa‹ an. Sein Sohn war eher in sich gekehrt, zurückgezogen, ernst und völlig besessen vom Tennisspielen. Sein großes Vorbild war nicht er, sein Vater, sondern Roger Federer. Manchmal schmerzte Bernhard das, aber er war unfähig, etwas zu ändern. Nur das Baumhaus, das er mit Lukas gebaut hatte, war der

Knaller. Seine Tochter war laut, frech, ungestüm, mitteilsam, und auf dem Hockeyplatz schlenzte sie die Bälle mit Wucht und Geschick wie ein Profi übers Feld und oft ins Tor. Laura hing sehr an ihrer Mutter, sie lachten und kochten gern zusammen und quatschen die ganze Zeit über dies und das, über Gott und die Welt, was Bernhard aus der Ferne mit ungläubigem Erstaunen beobachtete. Zwischen ihm und seiner Frau ging es selten so lustig und wortreich zu. Sie war eine gute Zuhörerin, interessierte sich für seine Arbeit, seine Projekte, seine Probleme. Aber über sich selbst sprach sie kaum, er fragte aber auch nicht danach. Sie hatten schon eine Ewigkeit nicht mehr miteinander geschlafen, und schon längst hatte jeder sein Zimmer, seinen ganz eigenen Bereich, groß genug war die Villa ja. Bernhard vermisste den Sex nicht, weder den mit Victoria noch überhaupt. Der hatte ihm nie sonderlich viel bedeutet, da war er so ganz anders als die Männer um ihn herum, vor allem in seiner Branche. »Auch der heißeste Stahl wird mal kalt, wenn er verbaut ist«, war dort so ein Spruch, der ausdrücken sollte, dass bei den Ehefrauen halt irgendwann der Lack ab ist und bei den Männern dann eben tote Hose herrschte. Aber das war es gar nicht. Victoria war eine sehr aparte, schöne, große Frau, mit den Jahren war immer mehr Lack hinzugekommen, sie war aufgeblüht und nicht mehr das Häuflein Elend wie zu Beginn ihrer Ehe. Mit der Geburt der Kinder hatte sie sich die Haare abgeschnitten, trug sie nun kurz und frech, mit ein paar blondierten Strähnen. Eigentlich machte er sich über seine Lustlosigkeit auch keine Gedanken, seine Frau forderte das auch nicht mehr ein, hatte es irgendwann aufgegeben, sich ihm körperlich zu nähern. Bernhard sah eigentlich ganz gut aus, zumindest war er sehr groß und durch die jahrelange Arbeit auf dem Bau auch noch muskulös, obwohl er keinen Sport mehr trieb. Auch hatte er nicht den Wunsch, mit Stine zu schlafen. Sie war mehr wie eine Verheißung auf ein glückliches, sonnenhelles Leben unter blühenden Apfelbäumen, das er sich wie einzuverleiben ersehnte. Er wusste nicht, warum es so war bei ihm. Für ihn war das auch in Ordnung so. Nur wurde er ständig darauf gestoßen, weil es Usus war, mit den Geschäftsleuten, vor allem aus dem Ausland, nach Sitzungen und erfolgreichen Projektabschlüssen, noch zum Essen, auf die Piste, ins ›Rotlichtmilieu‹ und schließlich in ein Edelbordell zu gehen. Das ›Laufhaus‹ oder ›Geizhaus‹ kamen nicht infrage, es musste was Exklusives sein. Also hatte Bernhard wohl oder übel recherchiert und etwas Entsprechendes für seine Gäste gefunden.

So hatte er Mila kennengelernt. Während seine schon stark alkoholisierten Gäste nacheinander mit den Frauen in den Zimmern verschwunden waren, saß Bernhard, der sich nie an diesen Exzessen beteiligte, verloren und in Gedanken versunken an der Bar und trank lustlos einen *Old Fashioned*. Schade, dachte er, dass er nie mit Freunden, die er ja gar nicht mehr hatte, in seinem ›Herrenzimmer‹ saß, um Whiskey zu trinken und angeregte Gespräche zu führen, auch in der Bibliothek war eigentlich nur die Putzfrau einmal die Woche anzutreffen. Jemand tippte ihm auf die Schulter. »So allein und traurig?« Er drehte seinen Kopf und sah diese Frau an, die ihm wie aus einer fernen, fremden Welt erschien. Sie war sehr groß, und ewig lange, schwarze, glatte Haare mit einem dichten Pony hüllten sie wie einen dichtgewebten Schleier ein. Er schaute in riesige, grüne Augen, die wie sein Mischwald im Sonnenlicht leuchteten. Und er sah ihre tief dunkelrot, fast schwarz geschminkten Lippen. Erst als er später auf dem Heimweg war, versuchte er, sich an ihre Kleidung zu erinnern. Sie trug eine Art Smoking-Jackett, darunter eine Spitzencoursage, die Farbe hätte er nicht mehr benennen können, schwarz oder nachtblau, eine enge Hose und schwarze, hohe Lack-Stiefel, die bis weit über das Knie reichten. Sie setzte sich dicht neben ihn. Er konnte sie riechen, eine Mischung aus Vanille, Rosen, Jasmin und Sandelholz nahm er wahr. Mit Düften kannte er sich aus, zu Beginn ihrer Ehe hatte er Victoria gern mit besonderen und edlen Parfüms überrascht. Sie bestellte ein Mineralwasser und sagte nichts. »Ich bin Mila«, sagte sie dann nach einer gefühlten Ewigkeit, »ich bin die Chefin hier des Hauses, und warum bist du nicht auf einem der Zimmer? Meine Mädchen sind wirklich etwas ganz Besonderes.« Bernhard schluckte, er war durcheinander, er wusste nicht, was er sagen sollte und tippte verlegen auf seinen Ehering. Sie lachte laut auf, ein kehliges, raues und amüsiertes Lachen und sagte: »Na, das sind die meisten hier.« »Ich weiß nicht«, Bernhard fühlte sich ausgelacht, dumm kam er sich vor, »ich hab heute einfach keine Lust, stressige Woche.« Mila schwieg wieder. »Das glaube ich dir nicht so recht, da ist irgendetwas anderes, sagt mir mein Gefühl.« Sie schwiegen erneut. Er traute sich nicht, sie anzuschauen, sie war so verwirrend, diese erotische Aufmachung und zugleich diese hellsichtige Klarheit im Blick. »Wir müssen auch nicht reden, wir können hier auch nur sitzen und warten, bis deine Jungs fertig sind, du zahlst?« Bernhard nickte. »Teures Vergnügen, oder Investment?« »Ja, sozusagen Kundenpflege«, sagte Bernhard nun eine Spur selbstsicherer, stolz, der Gastgeber wie in einem Sternerestaurant zu sein, in dem er, ohne Aufhebens, die Rechnung beglich.

Als er spät in der Nacht nach Hause fuhr, war er verwirrt, verstört geradezu. Er fühlte sich zu diesem fremden und zugleich so vertrauten Wesen auf unerklärliche Weise so stark hingezogen, dass er am liebsten umgekehrt und sie entführt hätte. Zwei Tage später besuchte er sie. Um die Mittagszeit war er hingefahren, er hielt es einfach nicht mehr aus. Sie war mit Büroarbeiten beschäftigt und lächelte, als sie ihn erkannte. »Na, doch Druck ablassen?« »Nein, ich wollte einfach mal sehen, wie es dir so geht«, stammelte er unbeholfen. »Mir geht es prächtig, aber du siehst irgendwie mitgenommen aus.« Mila trug Jeans und einen schwarzen, weichen Pullover, dazu Turnschuhe. Sie sah toll aus. »Ja, ich weiß nicht, ich habe die ganze Zeit an dich gedacht, vielleicht können wir ein wenig reden.«

Er besuchte sie nun, vorwiegend am Tage, so oft es ging. Er versuchte, seine Auslandsreisen auf das Nötigste zu beschränken, da er es nicht aushielt, so lange von ihr getrennt zu sein. Auch quälte ihn rasende Eifersucht bei der Vorstellung, mit wem sie es vielleicht treiben könnte, wer da noch so alles bei ihr an der Bar aufkreuzen würde. Zwar hatte sie gesagt, dass sie nur noch mit der

Geschäftsführung befasst sei, aber dem traute er nicht so recht. Er brachte ihr schöne, ausgesuchte, immer teurere Geschenke mit und hörte nicht, dass sie dies nicht wollte. Sie schliefen zwei Mal miteinander, aber es war irgendwie angestrengt und holprig, er bekam die Bilder nicht aus seinem Kopf, wie sie es mit anderen getan hatte und wusste nicht, ob sie sich ihm allein professionell oder auch mit Gefühl zuwandte. Viel wichtiger war ihm das Reden. Sie lagen dann einfach nur auf ihrem Bett, hielten sich manchmal an den Händen und sprachen zur Decke. Er fühlte sich so unendlich verbunden mit ihr, wie er es mit Victoria nie erlebt hatte. Es war, als verströmte sie einen Geruch von ›zu Hause‹, ein tief in sie eingelassenes Wissen um Armut, Kargheit, Not und Verzweiflung. Für ihn war sie wie eine Seelenverwandte, er liebte sie besinnungslos.

Er erzählte von seinen Eltern, von seinem Vater, seinem Selbstmord, den unendlich trostlosen Sonntagen bei Regen in der winzigen Wohnung, dem Geplärre des Radios und Fernsehers. Und zum ersten Mal erzählte er, dass er früher gestottert hatte und keinen Piep rausbrachte, weil er sich so schämte. Und dass er in der Schule von einer Jungengang monatelang gequält worden war, weil er aus dem ›Stinkerhaus‹ kam und ein Assi sei. Sie ließen ihn seinen Urin trinken, schlugen ihn, schmierten ihn mit Hundekot ein und krümmten sich vor Lachen. Das höre er noch immer, meist kurz vor dem Einschlafen. Mila hatte seine Hand fest gedrückt.

Irgendwann hatte Mila, wie nebenbei, erwähnt, dass sie tief aus dem Osten komme und ihre Mutter sie an einen der Händler in den Trucks für einen guten Preis verkauft hätte. Mila war da erst elf. Ihre Mutter war krank und musste noch fünf Mäuler stopfen, was sollte sie machen. Es klang so, als hätte Mila sogar Verständnis für ihre Mutter. Die Zeit danach in Deutschland war nicht so schön. Darüber wollte sie aber nicht sprechen, da hätte sie einen Haken dran gemacht. Irgendwann habe sie es mit Hilfe von Sophia, einer molligen, liebenswerten Puff-Mutti, geschafft, sich aus all dem Unaussprechlichen zu befreien. Sie arbeitete zwar auch für Sophia, die sie aber gut bezahlte und für ihre soziale Absicherung sorgte. Als sie genügend Geld zusammen hatte, konnte sie sich selbstständig machen. Sophia hatte ihr zum Abschied ein goldenes Medaillon mit einem Bild von sich sowie einen Selbstverteidigungskurs geschenkt.

Über viele Monate hinweg trafen sie sich nun schon, und Bernhard fühlte einen nie gekannten inneren Frieden, ein reines, überwältigendes Glück.

Sie lagen wie immer auf ihrem Bett und schwiegen für eine Weile. Mila setzte sich plötzlich auf und sagte, dass sie ihm unbedingt von ihrem großartigen Angebot in Paris erzählen müsse. Sie habe dort die Möglichkeit, in einer wunderschönen Altbauvilla, eine Agentur wie hier aufzubauen. Pierre, ein ehemaliger Kunde, habe das für sie eingefädelt. Einige der Mädchen würden mitkommen, Ariana würde hier die Geschäfte übernehmen. Etwa Ende des Monats würde sie umziehen, darauf wolle sie nun mit ihm anstoßen.

Bernhard spürte ihre Sätze wie Schläge in der Magengrube, er konnte nicht glauben, was er da hörte. Und überhaupt, wer war dieser dämliche Pierre? Er wollte doch mit Mila leben, sie aus dieser unwürdigen Lage befreien, sie erlösen, alles für sie tun, sie auf Händen tragen, ihr jeden Wunsch von den Augen ablesen. Es war doch nur eine Frage der Zeit, bis er sie das gefragt hätte, ob sie seine Frau werden wolle.

Er brachte zunächst keinen Ton heraus, sagte dann nur verzweifelt, als sie die Flasche Sekt köpfte: »Aber ich dachte, es ist was Ernstes zwischen uns?« »Ach, Bernhard, sei doch nicht albern. Du hast Frau und Familie, deine Arbeit, dein Leben, und ich habe meins. Und ich habe dir doch nie irgendwas versprochen. Ja, ich mag dich, sogar sehr. Aber ich habe mein Leben und lebe es so und entscheide so, wie ich es will. Es ist wirklich lustig, ihr Männer glaubt immer, dass eine Frau wie ich nichts anderes täte, als auf euch zu warten, als würden wir, wenn ihr wieder in eure zerstörten, pseudo-heilen Familien trabt, hier nur sitzen und bügeln oder Strümpfe stopfen. Wir gehören euch nicht, und wenn ihr noch so viel für unsere Dienste zahlt! Wir hatten eine schöne und vertraute Zeit zusammen, aber nun beginnt ein neuer Abschnitt für mich. Jetzt lass uns anstoßen.« Mechanisch nahm Bernhard das Glas und prostete ihr wie betäubt zu. »Aber ich dachte«, versuchte es Bernhard noch einmal kläglich, »dass wir zusammengehören, dass ich dich in eine bessere Welt entführen könnte, dir zeigen könnte, wie ein schönes Leben wirklich aussehen könnte. Meine Familie, meine Frau, das bedeutet mir doch gar nichts mehr. Dich liebe ich, vom Grunde meines Herzens.«

Mila schwieg, dann sagte sie sehr ernst: »Bernhard, weißt du, was dein Problem ist? Du siehst die Anderen überhaupt nicht, du erkennst sie nicht im Geringsten. Du kreist nur um dich, du hast deine Bilder und Phantasien im Kopf, die aber in meinem Fall nichts, aber wirklich gar nichts mit mir zu tun haben. Ich *habe* ein gutes Leben, ich *bin* zufrieden und glücklich mit dem, was ich geschaffen habe. Ich will nicht von irgendwas erlöst werden, das habe ich hier alles ganz alleine hinbekommen. Mich nervt abgrundtief an Männern wie dir diese dämliche Pretty-Woman-Romantik. Geh zu deiner Familie und kümmere dich vor allem mal um deine Kinder. Ich will alles genau so, wie es jetzt ist bzw. wie es sicher auch in Paris sein wird. Ich möchte, dass du jetzt gehst, ich habe keine Lust, mir dein Selbstmitleid, dein Liebesgesülze und Gejammer länger anzuhören.«

Wie in Trance stolperte Bernhard aus der Agentur, wie Mila ihr Bordell nannte, stieg in seinen Wagen und fuhr stundenlang völlig ziellos herum. In den Tagen danach bombardierte er sie mit Anrufen und Textnachrichten, aber sie reagierte nicht mehr. Wenn er bei ihr auftauchte, dann schickte eines der Mädchen ihn weg. Mila habe ihm doch alles klipp und klar gesagt, er sollte bitte nicht mehr hierherkommen.

Bernhard war zutiefst verzweifelt. Er wurde nervös, launisch, aggressiv, ungerecht, er brüllte Victoria oder die Kinder wegen Nichtigkeiten an. Er vernachlässigte seine Arbeit und sich selbst. Stundenlang saß er allein in seinem ›Herrenzimmer‹ und trank sich durch die Whiskey-Auswahl. Er hatte abgenommen und sah erbärmlich aus.

Dann versuchte er, sich einen Ruck zu geben, raus aus dem Selbstmitleid zu kommen. Bernhard hatte sich Hanteln und ein Laufband bestellt. Seine Bibliothek glich nun einem kleinen Fitnesscenter. Er wollte ein starker, muskulöser, selbstbewusster, begehrenswerter Mann werden, der wusste, wie man um eine Frau kämpfte. Er wollte kein Jammerlappen mehr sein. Einige Wochen später fuhr er noch einmal zu Mila. Er hatte sich alles zurechtgelegt, einen geschliffenen Monolog hatte er vorbereitet, und er war ein paar Mal unter der Sonnenbank gewesen. Er sah gut und lässig aus. Aber Mila war nicht mehr da, sondern schon in Paris. Ariana hatte ihm geöffnet und nur gesagt, dass Mila wolle, dass er sie endlich in Ruhe ließe. Bernhard kroch in seinen Wagen, die einzige, sichere Behausung, wie ihm schien und fuhr einfach herum.

Als er heimkam, duftete es verlockend nach Spaghetti Bolognese, die konnte seine Frau besonders gut, und die Kinder liebten dieses Essen. Sie hatte eine Flasche Rotwein aufgemacht und bat ihn zu sich. Ohne Umschweife eröffnete sie das Wort. »Bernhard, ich habe lange nachgedacht, aber ich denke, es wäre besser, wir trennen uns, also, ich meine richtig, zusammen sind wir ja schon so lang nicht mehr. Ich bin dir wirklich unendlich dankbar, für damals, aber auch für dieses Leben, ich habe es wirklich geliebt, hier mit den Kindern auf dem Land zu sein. Aber jetzt möchte ich noch etwas anderes, ich möchte endlich mein ganz eigenes Leben haben. Ich dachte, ich könnte mit den Kindern in die Stadt ziehen, vor allem, bis sie ihr Abitur gemacht haben. Die Schule wäre dann ja eh dichter dran, auch deine Mutter.« Bernhard hörte wie versteinert zu. »Ach, mit diesem Affen Gregor willst du jetzt leben?«, platzte es aus ihm heraus.

»Nein, Bernhard, Gregor ist mein Galerist, und das wird er auch bleiben, eine Liebesbeziehung wird es mit ihm nicht geben.« Sie schwiegen einen Moment. »Weißt du Bernhard, ich habe das Gefühl, dass du sehr unglücklich bist, schon lange, und dir das hier mit uns eigentlich gar nichts mehr bedeutet. Ich weiß gar nicht mehr, wer du bist, und ich glaube, du weißt auch nicht, wer ich wirklich bin. Auch weiß ich nicht, ob eine andere Frau im Spiel ist, ich möchte es auch nicht wissen. Aber was ich weiß, was ich will, ist, dass wir ehrlich miteinander sind und das hier nun auch fair beenden. Ich liebe dich, und ich weiß, dass du uns all das gegeben hast, was dir möglich war. Aber wir haben uns in ganz unterschiedliche Richtungen entwickelt. Ich kann und möchte das so nicht mehr aufrechterhalten, ich möchte einen klaren Schnitt, so schmerzlich das für uns alle auch sein wird.« Kurz hatte er den Impuls, sich aufzubäumen, Dinge zu sagen wie: »Wir könnten doch versuchen, uns wieder kennenzulernen, ich kann mich doch ändern, wir können dieses gemeinsame Leben doch nicht einfach kampflos aufgeben, gib uns doch eine Chance.«

Aber es kam ihm völlig sinnlos vor. Sie war so klar, so entschieden, wie Mila.

Bernhard stand wortlos auf. Victoria war nun außer sich und schrie: »Nun bleib verdammt nochmal hier und rede endlich mit mir!«

Er schnappte sich seinen Autoschlüssel und stieg ins Auto. Er raste vom Hof, der Kies spritzte unter den Reifen in alle Richtungen. Auf der Landstraße beschleunigte er sofort. Der Wald links und rechts sauste nun wie eine schwarze, massive Wand an ihm vorbei. Er stellte *Everybody Hurts* auf volle Lautstärke. Allein für dieses Lied hatte es sich gelohnt, Englisch zu lernen:

When your day is long
And the night
The night is yours alone
When you're sure you've had enough
Of this life
Well hang on
Don't let yourself go
'Cause everybody cries
And everybody hurts sometimes

Sometimes everything is wrong
Now it's time to sing along
When your day is night alone (hold on)
(Hold on) if you feel like letting go (hold on)
If you think you've had too much
Of this life
Well, hang on

Doch das, was er oft als heilsam empfunden hatte, klang nun wie Hohn in seinen Ohren. Es war eben nicht ›sometimes‹, dass er verletzt war oder wurde. Irgendwie war er das immer schon, und es ging auch nicht vorbei, es kam immer noch was hinzu, und abwarten, wieso abwarten, das wollte und konnte er nicht mehr, worauf denn warten? Und die bescheuerte Zeit heilte überhaupt keine Wunden, die verging einfach und fügte ständig weitere hinzu, ein ganzer Wundenberg hatte sich in ihm aufgetürmt. Eine blutige Schleifspur von Verletzungen zog er hinter sich her. Er hatte sowas von ›enough‹.

'Cause everybody hurts
Take comfort in your friends
Everybody hurts
Don't throw your hand
Oh, no
Don't throw your hand
If you feel like you're alone
No, no, no, you're not alone

So ein Unsinn: ›Du bist nicht allein...‹. Furchtbar allein war er, wie man überhaupt nur allein sein konnte. Immer schon. Nicht mal einen Freund gab es mehr, bei dem er ›comfort‹ hätte bekommen können, auch Basti war ihm verloren gegangen.

If you're on your own
In this life
The days and nights are long
When you think you've had too much
Of this life
To hang on

Well, everybody hurts sometimes
Everybody cries
And everybody hurts sometimes
And everybody hurts sometimes
So, hold on, hold on
Hold on, hold on
Hold on, hold on
Hold on, hold on
Everybody hurts
You are not alone

Er fühlte sich nun auch von seinem Lied, seiner Hymne, wie betrogen, überhaupt nicht mehr verstanden und getröstet. Wie ein Verrat war das. Sein ganzes Leben schon war er ›on his own‹ gewesen. So wütend wurde er, rasend vor Wut geradezu: auf seine Mutter, seinen Vater, Victoria, auf Mila, auch auf sich selbst, auf die ganze Welt. Und er hatte von allem ganz und gar ›too much‹, von sich, den Frauen, der Arbeit, dem Leben und überhaupt.

Plötzlich flog rechts ein Schatten heran, dann ein lauter Aufschlag, etwas krachte auf die Windschutzscheibe, er konnte nichts mehr sehen, der Wagen schlingerte. Reflexhaft griff Bernhard fest ins Steuer, versuchte noch, den Wagen auszubalancieren, doch dann ließ er jäh beide Hände los. Der SUV raste ungebremst ins Mischwalddickicht, Äste brachen, Stämme splitterten, dann die Windschutzscheibe, ein ohrenbetäubender Lärm war das. Er hörte noch wildes Flügelschlagen, vielleicht eine Eule.

Dann war es still.

Unerreichbares Leben

Was klackerte da nur so in ihrem Kopf, wie harte Billiardkugeln, die an ihre Hirnwände schlugen, oder wie Coins, die nach einem Jackpot in ihr Gehirn prasselten. Es war ohrenbetäubend, als sei ihre Schädeldecke geöffnet und als würde etwas direkt auf ihre Synapsen heruntersausen. Sie versuchte, die Augen zu öffnen, aber sie stieß an einen Widerstand, vorsichtig tastete sie mit den Fingern nach den Lidern. Sie waren hart, klebrig und rau. Sie blieb auf der Seite liegen, unfähig, sich zu bewegen. Wenn doch nur das Geräusch verschwinden würde. Allmählich begriff sie, was es war. Es waren Pumps auf dem Asphalt, der Gang einer Frau, die zielsicher und selbstbewusst auf dem Trottoir entlangeilte. Eine Frau, die wusste, was sie wollte und wo sie hingehörte. Ein Filmplakat mit Fanny Ardant in *Die Frau nebenan* blitzte in ihr auf. Fanny Ardant sah man von hinten, nur den unteren Teil ihres Körpers, den Po in einem Stiftrock, die schönen Beine zierte eine Nahtstrumpfhose, dazu trug sie schwarze Pumps. Das Kostüm war rot. Verwirrt merkte sie, dass sie sich irrte, dass die Erinnerung sie täuschte. Das Filmplakat, das ihr vor Augen stand, stammte von dem Film *Auf Liebe und Tod.* Es war in Schwarz-

Weiß, es hing seit Jahren gerahmt in ihrem Flur, obgleich sie auch jetzt hätte schwören können, dass der Rock rot war. Auch trägt sie gar keine Nahtstrümpfe, das sieht sie jetzt glasklar vor sich. Aber die Frau auf dem Plakat eilt dahin wie die Frau mit den Pumps auf der Straße, da ist sie sich sicher. Etwas hatte sich an Bildern ineinandergeschoben: hörte sie vielleicht die ›Frau nebenan‹ auf dem Asphalt laufen? Aber wer war diese Nachbarin? Eigentlich war sie auch so eine Frau ›with purpose‹, die im Kostüm über das Pflaster eilte. Müsste sie nicht heute zu einer Sitzung, dachte sie erschrocken, heute war im Gericht ein Termin anberaumt, sie war Staatsanwältin. Aber sie hatte nicht den blassesten Schimmer, wie spät es sein mochte.

Wo war sie überhaupt, in welchem Bett lag sie? Sie versuchte sich zu erinnern, unmöglich, sich zu bewegen, alles verursachte ungeheure Schmerzen. Sie versuchte, dennoch aufzustehen, sie krümmte sich aus dem Bett, der Kopf dröhnte, ihr war übel, und jeder Knochen tat weh, als wäre sie in einen Schredder geraten. Sie trug nur einen schwarzen Spitzenunterrock, der an einer Seite eingerissen war. Warum war sie nur hier? Sie tastete sich voran, die Vorhänge waren zugezogen, einen Lichtschalter fand sie nicht. Schließlich erreichte sie die Tür. Als sie nach draußen trat, schlug ihr grelles Sonnenlicht entgegen, das einen gigantischen, loftähnlichen Raum wie mit Bühnenlicht erhellte. Sie humpelte in die offene Küche und sah, dass alles in modernstem Design ausgestattet war, als liefe sie durch ein Bauhaus-Museum. Marcel-Breuer-Stühle standen in einer Essecke, zwei Charles-Eames-Sessel mit Fußteil waren auf einem Kuhfell vor einem großen, quadratischen Kamin drapiert. Vor dem Fenster stand eine LC4-Le-Corbusier-Liege, daneben ein Thonet-Tischchen mit einer Wagenfeld-Lampe. Auf der Kücheninsel, über der drei ph-5-Pendelleuchten hingen, mit sechs stylischen Hockern, stand eine Schaerer-Kaffeemaschine, die sie nicht im Traum, gar in ihrem Zustand, würde bedienen können.

Auf der Schiefer-Arbeitsplatte lag eine farblich passende Karte in blassen Grautönen: »War nice, Oliver«, stand darauf. Mehr nicht.

Oliver, stimmt, jetzt fiel es ihr wieder ein, mit ihm hatte sie sich gestern verabredet. Es kam ihr nun wie eine Ewigkeit vor. Irgendein CEO von irgendetwas war er. Er hatte sich auf ihr Profil im Netz hin gemeldet. Dort bot sie sich als ›echte Masochistin‹ an, das Angebot war rar, das wusste sie inzwischen, so konnte sie sich vor Anfragen kaum retten. Inzwischen nahm sie auch Geld für ihren Service. Viel Geld konnte sie verlangen, obgleich es ihr darauf eigentlich gar nicht ankam, und sie es auch nicht brauchte. Ihr username war Kyra, die Herrscherin, die Sonne, die Göttliche, das gefiel ihr richtig gut. Inzwischen stellte sie sich auch Fremden meist so vor, denn ihr eigentlicher Name, Corinna, war nicht tragbar. Der ganze Hass ihrer Eltern, davon war Kyra seit jeher überzeugt, zeigte sich allein schon in dieser Namensgebung. Als Kyra kam sie an, sehr gut sogar. Auf unaufdringliche Weise war Kyra schön: groß, schlank, dunkelblonde, glatte Haare und sehr große braune Augen. Sie hatte ein paar aufreizende Fotos gepostet, das Gesicht immer hinter einer Maske aus Leder, Spitze und Federn versteckt, eine Originalanfertigung nach ihren Entwürfen, auf die sie stolz war. Die Bilder waren aber nicht das Entscheidende, sondern das *M* in der Bildunterschrift, darin lagen die Verheißung und ihr Triumph. Sie traf die Männer in der Regel in Hotels, denn die meisten waren verheiratet. Dort hielten sich die Männer eher zurück, weil sie die Spuren fürchteten, die sie hinterlassen könnten. Sperma war unkompliziert, Blut und andere Körperflüssigkeiten waren hingegen schon knifflig, trotz hilfreicher Tipps bei *Frag-Mutti.de.* Traf sie die Kunden in ihren Wohnungen oder Häusern, dann konnte es richtig zur Sache gehen. Die Männer schlugen sie nach Strich und Faden zusammen, auch ins Gesicht und auf die Ohren, auf irgendwelche Codes hatte Kyra stets verzichtet, das war ihr zu billig und zu shades-of-grey-mäßig. Der Alkohol floss, wie ihr Blut, dazu in Strömen, manchmal gab es auch Koks oder andere Drogen. Oft wunderte sie sich darüber, dass einige vor ihrer Grenzenlosigkeit und Schutzlosigkeit zurückschreckten, richtig wütend wurden, sie hatten Angst, völlig die Kontrolle zu verlieren und sie im Zweifel gar umzubringen. Kyra selbst beunruhigte das nicht im Geringsten. Einer ihrer Kunden, Frank, hatte mal außer sich vor Wut gebrüllt: »Warum bringst du Schlampe dich nicht selber um?« »Ich will, dass sich ein anderer schuldig fühlt«, hatte sie ungerührt geantwortet.

Sie suchte das Bad, wischte ein paar Mal mit der Hand entlang der Wand herum, und tatsächlich sprang endlich das Licht an. Sie sah in den riesigen Spiegel über dem riesigen quadratischen Waschbecken, auch hier war alles in Schiefergrau gehalten. Das eine Auge war komplett zugeschwollen, das andere blutunterlaufen. Die Lippe war aufgeplatzt und verschorft, das linke Ohr war blutverschmiert. Erst jetzt, in diesem grellen Licht, sah sie die Wunden überall an ihrem Körper. Striemen, wahrscheinlich von einer mehrschwänzigen Peitsche, liefen quer über ihren Bauch, an den Oberarmen und Schenkeln waren schon jetzt etliche Prellungen erkennbar, die sich im Laufe der Woche wie ein Regenbogen verfärben würden. Ihre Brüste zeigten tiefe Kratzspuren, als sei sie von einem Raubtier angefallen worden, am Hals waren Würgemale sichtbar. Auch der Rücken schmerzte, aber wenn sie den Kopf drehte, wurde ihr so speiübel, dass sie es aufgab, ihn genauer zu betrachten. Schlimm sah sie aus, aber schlimmer noch, dass es ihr nichts ausmachte. Sie wollte es ja so, suchte die Männer immer wieder auf. Verging zu viel Zeit zwischen den Dates, dann wurde sie unruhig, nervös, wie eine Süchtige, sie brauchte dann jetzt und sofort diese Form der Züchtigung, dann fühlte sie sich lebendig, gebraucht und begehrt. Eine halbe Ewigkeit dauerte es, bis sie die Funktionsweise der Dusche begriff. Von Wut gepackt, ruderte sie mit den Armen umher, damit etwas passierte. Endlich hatte sie den Dreh und die Heiß-Kalt-Regulation raus.

Sie schleppte einen Marcel-Breuer-Thonet-Hocker ins Bad und stellte ihn unter die Dusche, da sie in einem solchen Zustand schon des Öfteren unter dem heißen Wasser kollabiert war. Im Sitzen würde es besser gehen, auch die Haare konnte sie dann waschen, ohne dass sie ohnmächtig wurde. Vielleicht würde sie es ja doch noch zu ihrem Termin schaffen. Ärgerlich nur, dass ihr allmählich die Erklärungen ausgingen, warum sie so ramponiert aussah. So viele ›Reitunfälle‹ konnte man als erfahrene Reiterin nun auch nicht haben, und ihr Trakehnerrappe *Racine* war eigentlich ziemlich unerschrocken, auch im Gelände, das wussten zumindest ihre Kollegen. Manchmal, in den Zwischenzeiten der Treffen, griff sie reflexhaft in den Putzkasten von *Racine* und scheuerte sich mit dem Mähnenentfilzerkamm die Arme auf, stand ein wichtiger Termin an, bevorzugte sie die Beine. Der Schmerz erzeugte ein köstliches Gefühl, er ließ sie ruhig werden und wieder zu sich kommen.

Als Kyra aus dem Haus trat, wurde sie erneut von der grellen Sonne geblendet, die ihre Migräne so richtig in Fahrt kommen ließ. Aber sie hatte zumindest an ihr ›Day-after-Set‹ gedacht: Schmerztabletten, Theaterschminke, die gut deckte, Turnschuhe und Sonnenbrille, die sie jetzt aus ihrer Tasche fummelte. Die saubere Straße sah nach Wohlstand und hinter hohen Hecken verborgenem Reichtum aus. Alles war gepflegt, ordentlich, irgendwie unversehrt. Das hier war nicht ihr Stadtteil, obgleich auch sie ganz schön wohnte. Sie wankte ein paar Schritte und sah an der nächsten Ecke ein einladendes Café, mit einer taupe-weiß gestreiften Markise, das sie ansteuerte. Sie brauchte unbedingt Kaffee, Olivers

Luxusmaschine hatte sie nicht angerührt. Drinnen roch es gut nach frischen Brötchen, edlem Gebäck, und Kaffeeduft hüllte verlockend den Raum ein. Dort saßen jüngere Frauen im Businesslook oder im teuren Sportdress, der nach Golf oder Tennis aussah. Auch die älteren Damen wirkten wie frisch vom Friseur kommend, in warmen, hellen Kaschmirtönen gekleidet, die ihren dezenten Goldschmuck besonders glänzen ließen.

Kyra suchte sich einen Platz in der hintersten Ecke. Vorhin hatte sie gesehen, dass es schon früher Nachmittag war, die Sitzung war längst vorbei. Sie würde jetzt irgendeine Entschuldigung an die Kollegen schreiben. So oft kam das auch nicht vor, üblicherweise legte sie ihre Exzesse ans Ende der Woche, darauf bedacht, am Tag drauf keine wichtigen Termine zu haben. Das Wochenende kam selten infrage, das gehörte der Familie und den Frauen, die hier saßen. Wussten die eigentlich überhaupt nicht, was ihre Männer so trieben, wenn sie außer Haus waren? Oder wollten sie es nicht wissen? Oder gab es einen guten Deal: die Frauen das Geld und die Kinder, die Männer ihre Freiheit? Oder genossen die Frauen neben Geld, Haus und Kindern ihre eigenen Freiheiten und kamen vielleicht gar nicht aus dem Golfclub, das Dress nur Tarnkleidung, sondern von einem Lover, den sie regelmäßig in einem Luxushotel oder einer schäbigen Pension trafen? Zumindest aber sahen diese Frauen so gesund, so frisch und vor allem so unbeschädigt aus. So, als gäbe es das wirklich. Ein glückliches, erfülltes, sorgenfreies Leben.

Wenn Kyra bei ihren zahllosen, langweiligen Sitzungen in die beschlipste Herrenrunde schaute, fragte sie sich manchmal, wer von ihnen wohl mal als Kunde bei ihr auftauchen würde. Die Männer, die hier saßen, waren genau ihre Klientel. Wie oft hatte sie es mit CCO's, CEO's und Vorstandsbossen, Richtern, Anwälten und Ärzten zu tun. Die prügelten dann ihren ganzen Hass, ihre Verachtung, ihr verunglücktes Leben in sie hinein. Einen schlagenden oder abwesenden Vater, eine sie missbrauchende oder garstige Mutter, Elternfiguren, die ihnen in die Körper wie eingebrannt waren und nun stellvertretend an ihrem malträtiert wurden.

Viel seltener kamen Handwerker oder Angestellte, deren Körper und Seelen von nicht minder schweren Verheerungen durchwirkt waren. Aber sie konnten sich eine wie sie nicht leisten, oder waren zu geizig, investierten lieber ins Auto oder in den Schrebergarten. Dafür prügelten sie dann ihre Ehefrauen oder quälten die eigenen Kinder. Das allerdings taten die CEO's auch.

Kyra, in Gedanken versunken, schlürfte ihren Kaffee, die Lippe brannte zwar, aber auch das

Croissant schmeckte himmlisch. Gleich würde sie nach Hause gehen und zu schlafen versuchen, zum Pferd konnte sie heute nicht mehr gehen, die Schmerzen waren zu stark.

Wie lang sie ihre Eltern schon nicht mehr gesehen hatte, fragte sie sich bei der Wendung ›nach Hause‹. Ihre fette, erzkatholische Mutter, die ihren ganzen Frust und ihr Elend durch Fressen zu besänftigen, die klaffenden Löcher in ihrem Inneren zu stopfen versuchte. Und ihren fetten Vater, der nun keine Tochter mehr hatte, um sie zu misshandeln. Ihre Mutter wollte eigentlich Tänzerin werden, schon als kleines Mädchen hatte sie mit Ballett begonnen, aber ein Fuß, der in einer Rolltreppe zerquetscht wurde, beendete ihren Traum. Da war ihre Mutter erst zehn. Ihren Mann, einen grobschlächtigen Bauleiter, hatte sie bei einem Tanztee kennengelernt. Er war nicht das, was sie sich erträumt hatte, aber ein Krüppel wie sie, musste halt nehmen, was sich ihm bot. Die Wahl hatten die anderen.

Ihre Mutter quälte sie auf perfide Weise den lieben langen Tag, indem sie Kyra zum Bespiel immer wieder in ausgetüftelte Dilemmata zwang. So sollte sie *sofort* das Vogelhäuschen bei Eis und Schnee mit Futter befüllen, aber auch *sofort* den Kamin anzünden. Wie sie sich auch entschied, was immer sie auch zuerst in Angriff nahm, sie konnte es nur falsch machen: »Corinna, du musst lernen, zu priorisieren, dann wird auch mal was aus dir«, sagte die Mutter dann mit schreidender Stimme. Und immerzu Anfeindungen: sie sei zu blöd für alles, bekomme nichts hin, strenge sich nicht an, sie sei hässlich und unsportlich, könne froh sein, wenn sie überhaupt einen abbekomme. Am Abend beschwerte sie sich bei ihrem Mann über das ungezogene und ungehorsame Kind. Der Vater schnappte sich Kyra dann, klemmte sie zwischen seine fetten Beine, ihr flehender Blick auf die Mutter gerichtet, zog ihr die Hosen runter und schlug ihr mit einem Stock, einem Schirm oder was er grad zu fassen bekam, den Po blutig. Manchmal spürte sie an ihrem Rücken seine Erektion, was sie anfangs verwirrte, später aber dachte sie, dass er sie vielleicht doch liebte, viel mehr als ihre Mutter. Und sie fing an, dieses Gefühl beim Schlagen zu mögen. Ihre Mutter glotzte sie mit glasigen Augen an, als würde ihr das auch noch gefallen, ja, erregen, wie ihr Kind da so ohnmächtig und wehrlos hing und gezüchtigt wurde.

Kyra war sich sicher, dass ihr Vater häufig zu Prostituierten ging. Auch ihre Mutter hatte mal eine solche Andeutung gemacht: ›Er könne es sich ja nicht durch die Rippen schwitzen‹, hatte sie mit Abscheu in der Stimme gesagt.

Eins hatte Kyra in jedem Fall gelernt: Priorisieren. Damit war sie in ihrem Beruf tatsächlich weit gekommen. Und sie konnte, wie viele Männer in ihrer Branche, gnadenlos und eiskalt sein. Das musste sie auch als Staatsanwältin. Vor allem bei Tätern, die Kinder oder Frauen misshandelten, gar töteten, kannte sie kein Pardon. Sie war geschätzt und gefürchtet, auch unter Kollegen, denn ihr Führungsstil entsprach so überhaupt nicht dem gefühligen, kompromissbereiten weiblichen Klischee.

Das mit den Männern ging nun schon eine Weile so, aber mit Liebe hatte das nicht zu tun. Die suchte sie dort auch nicht. Geliebt hatte sie nur einmal. Heftig, erschütternd, grenzenlos bis aufs Mark, tief bis in ihre Eingeweide war diese Liebe in sie eingedrungen, hatte Leib und Seele regelrecht zerfetzt.

Ihre große Liebe war ihre Juraprofessorin Oda Blum. Damals stand Kyra kurz vor dem Ersten Staatsexamen. Allein ihr Name war ein Grund, sich sofort in sie zu verlieben. Sie sah aus, wie einem Journal über die Intellektuellen im Paris der Zwanziger Jahre entsprungen: groß, schmal, die lackschwarzen Haare trug sie in einem perfekt geschnittenem Pagenlook. Geschminkt war sie nie, nur ihre Lippen waren stets in ein Klatschmohnrot getaucht. Sie trug immer nur schwarze Boss-

Anzüge, mal mit engen Hosen, mal im Marlene-Dietrich-Stil. Ihre Stimme war dunkel, aber zugleich perlend-klar. Oda Blum wirkte alterslos, und sie umwehte eine Aura der Unsterblichkeit. Während ihrer Vorlesungen schritt sie vor der Tafel auf und ab, Meter um Meter lief sie dort, geschmeidig wie eine Raubkatze, während sie völlig fehlerfrei, druckreif, ohne Versprecher, Füllsel oder quälende Ähms dozierte. Die Studierenden saßen mucksmäuschenstill auf ihren unbequemen Holzstühlen und hatten unter den Pulten manchmal die Handys zum Mitschnitt eingestellt, was Oda Blum verboten hatte, wie auch alle anderen Technologien. Aber keiner wagte mitzuschreiben, das wäre wie eine Zerstörung dieses Gesamtkunstwerkes gewesen. Als würde auf ihren Zetteln und Blöcken nur ein kläglicher Abklatsch von etwas Einzigartigem übrigbleiben.

Oda Blum hatte den Studierenden die Übungsaufgabe erteilt, in kleinen Arbeitsgruppen die Verteidigungsschrift einer jungen Frau auszuarbeiten. Die Täterin, Mitte 20, hatte ihre beiden Kinder, ein fünfjähriges Mädchen und einen siebenjährigen Jungen, umgebracht. Aber nicht nur das galt es zu verhandeln, sondern sie hatte sie auf geradezu sadistische Weise zu Tode gequält. Sie hatte den Kindern eine Art

›Affenschaukel‹ gebaut, mit einer Drahtschlinge, die einmal vom Hals bis um die Füße gelegt war. Die Kinder, irgendwann in Panik und Todesangst, müssen verzweifelt versucht haben, sich zu befreien, wobei der Draht unweigerlich, bei jeder Bewegung, immer tiefer in den Hals und in den Kehlkopf schnitt – und sie sich auf diese Weise, langsam und qualvoll, gleichsam selbst töteten. Es gab kein Entrinnen aus dieser Todesfalle. Die Frau hatte sich nach den Taten widerstandslos festnehmen lassen, man hatte sie apathisch neben den toten Kindern gefunden. Bei der Vernehmung gab sie an, dass beide Kinder von ihrem Vater gezeugt worden waren. Beide waren zu Lebzeiten leicht körperbehindert und wiesen Entwicklungsverzögerungen auf, so stand es in der Akte. Sie hatte sich zu den Taten entschlossen, nachdem sie ihren Vater dabei entdeckt hatte, wie er sich an beiden Kindern sexuell verging. In den Medien hatte der Fall gewaltige Wellen geschlagen: von ›Monster- und Horrormutter‹ oder von der ›Bestie aus dem Kinderzimmer‹ war die Rede gewesen.

Kyra fühlte sich von diesem entsetzlichen Fall bis in ihre Träume verfolgt, sie konnte kaum noch essen, war völlig verstört. Auch ein ›Priorisieren‹ hätte den Kindern nicht geholfen, dachte Kyra ohnmächtig. Sie mochte aber auch nicht in die ihr zugeteilte Arbeitsgruppe gehen, sie war mit den Kommilitonen nicht warm geworden, vor allem aber war sie zu einzelgängerisch, sie mied, so gut es ging, soziale Kontakte überhaupt. Irgendwann nahm sie sich ein Herz und sprach Oda Blum nach einer Vorlesung an, ob sie ihr bei der Verteidigungsausarbeitung helfen könne. Sie schaute sie erst streng an, sagte dann aber, sie könne morgen um 15.00 in ihre Kanzlei kommen. Dort war Oda Blum, neben ihrer Professur, Partnerin und als Fachanwältin für Strafrecht tätig. Kyra war so gefangen von dem Fall, dass sie ihre Angst und Unsicherheit gar nicht wahrnahm. Die Kanzlei war so stylisch wie Oda Blum selbst. Alles war in Grau und Weiß gehalten, streng, puristisch, elegant. Sie streckte ihr die Hand zur Begrüßung entgegen, die Oda Blum aber nicht nahm, sondern ihr nur mit einer kurzen Kopfbewegung den Platz auf einem Designersofa anwies. Sie setzte sich ihr gegenüber. Auf dem Tischchen stand eine Karaffe mit Wasser und zwei Gläser. Kyra gab sich einen Ruck und teilte, stockend und die Sätze immer wieder neu beginnend, ihre Eindrücke zum Fall mit.

Lange sprachen sie über die moralischen, ethischen, juristischen und psychologischen Aspekte, beide nun in ruhigem, ernstem Ton, aber sie sahen sich nicht an, sprachen beide eher wie zu sich selbst.

»Warum hat sie den Vater nicht getötet?«, fragte Kyra erschöpft und ratlos, erst jetzt hob sie den Kopf und sah Oda Blum direkt an. Kerzengerade saß sie dort und sagte, »in gewisser Weise hat sie das ja, die Kinder waren ja ein Teil des Vaters und von sich selbst, sie hat quasi auch sich selbst getötet *und* den Vater in ihnen. Und sie hat die Kinder vor dem Vater zu schützen versucht.«

»Ja, schon, aber warum hat sie die beiden so bestialisch gefoltert, bis zum Tode?«

»Das gilt es herauszufinden«, antwortete Oda Blum nachdenklich, »vielleicht wollte sie ihre eigene unerträgliche Zwangslage, die Zumutung ihres Lebens sichtbar machen, oder ihnen die unfassbare Brutalität ihres Daseins, die Schande ihrer Geburt wie eine Exorzistin aus den Körpern treiben, bevor sie in den Himmel, zu einem gütigen Gottvater kämen. Ich weiß es auch noch nicht, aber ich werde es herausfinden. Im Moment schweigt die Frau noch, sie ist in einem Schockzustand. Manchmal ist sie von Weinkrämpfen geschüttelt, mit den Fäusten umklammert sie die ganze Zeit ein Foto der Kinder.«

»So, genug für heute«, sagte Oda Blum und stand abrupt auf. »Komm her und leg dich über den

Schreibtisch.« Kyra war wie hypnotisiert, begriff nicht, was vor sich ging, aber sie folgte den Anweisungen, das kannte sie ja, das war wie Schuhe zu binden, ein Automatismus, zu tun, was man ihr auftrug. Sie legte sich also quer über die Tischplatte, die so lackschwarz wie Oda Blums Haare war, eingefasst von kaltem, glänzendem Stahlrohr. Mit einem gekonnten Griff riss ihr Oda Blum den Rock, die Strumpfhose und den Slip runter. Mit der anderen Hand öffnete sie die obere Schreibtischschublade und holte etwas heraus, schemenhaft erkannte Kyra einen schwarzen Gegenstand, sie verstand: es war ein Dildo. Oda Blum holte aus und rammte ihr den Dildo in den Anus. Der Schmerz zerriss sie schier, aber aus der Tiefe dieser unerträglichen Qual, schoss in ihr eine völlig unbekannte und überwältigende Lust hervor, dass sie fürchtete, die Kanzlei zusammen zu schreien, als sie wie in einem Orkantosen mit einer Heftigkeit zum Orgasmus kam, der ihr die Luft zum Atmen wegfegte. Kyra lag bebend auf dem Tisch, unfähig, sich zu rühren, während Oda Blum zur Tagesordnung überzugehen schien. »Soweit«, sagte sie, »wir sehen uns nächste Woche, ich habe nun zu tun, den Weg nach draußen finden Sie sicher allein.« Betäubt ruckelte sie Slip, Hose und Rock nach oben, wankte kurz, als sie den Weg zur Tür suchte.

Sie traute sich nicht, Oda Blum noch einmal anzuschauen.

Als sie zu Hause ankam, saß sie wie versteinert auf dem Sofa und versuchte, sich zu fassen. Vielleicht hatte sie das alles nur geträumt, vielleicht war ihr der Fall zu Kopf gestiegen? Was war da passiert? Sie trank ein Glas Wein und versuchte, die Bilder des Nachmittages hervorzuholen und zu sortieren. Es war sinnlos, Ordnung schaffen zu wollen, aber was sie erfasste, war eine so rasende Sehnsucht nach Oda Blum, dass ihr die Tränen in die Augen schossen. So etwas hatte sie noch nie erlebt. Nachts masturbierte sie drei Mal hintereinander, indem sie immer wieder diese überwältigende Schmerzlust vom Nachmittag, vermischt mit Odas Blums Geruch nach Zedern und Moschus, phantasierte.

Sie konnte die nächste Vorlesung kaum abwarten. Gebannt saß Kyra in der zweiten Reihe und starrte sie an. Sie suchte nach irgendetwas, einer Verbindung, Zuneigung vielleicht, Vertrautheit, Anzeichen ihres gemeinsamen Geheimnisses. Aber es war nichts zu erkennen. Oda Blum hielt wie immer eine perfekt durchgestylte Vorlesung.

Wochen vergingen auf diese Weise, in denen Kyra wie ein Hund litt, bis sie eines Tages, nach der Vorlesung, einen leichten Wink mit dem Kopf in ihre Richtung bei Oda Blum zu erkennen meinte.

Sie verließen dicht hinter einander den Hörsaal, und Oda Blum zischte leise »Personaltoilette.« Als sie die Tür öffnete, wartete Oda Blum schon auf sie. Sie herrschte Kyra an, sich umzudrehen. »Hände an die Tür, Beine spreizen, Hose runter.« Sie holte einen Dildo aus ihrer eleganten Aktentasche und rieb damit zunächst an ihren Beinen und ihren Schamlippen herum, es war nun etwas zärtlicher als beim ersten Mal. Dann aber, als Kyra schon irre vor Erregung war, rammte sie das Gerät erst in ihren Anus, dann in ihre Vagina. Kyra wollte schreien, beherrschte sich aber, biss sich stattdessen die Lippen blutig. Sie trafen sich nun fast wöchentlich an diesem unwirtlichen Ort, an dem es nach Urin, Prüfungsangst und dem furchtbaren Behörden-Seifenstein roch, der einem durch die Drehvorrichtung wie Parmesan in die Hände rieselte. Aber das war Kyra egal. Sie liebte Oda Blum wie besessen, sie wollte sie berühren, aber das verbat sie sich. Sie wollte sie für immer bei sich haben, für sie kochen, sich an sie kuscheln, im Bett liegen mit ihr, einschlafen, aufwachen, für immer. »mach mir eine decke aus morgen ich ersticke unter dieser maske trockene geglättete haut nichts existiert außer der begierde«, wollte sie ihr zurufen, hinausschreien, wild, ungezügelt und rasend. Aber das Ritual lief immer nach dem gleichen Muster ab, nur die Dildos wechselten. Sie musste ein ganzes Arsenal davon haben, alles Sonderanfertigungen, sagte Oda Blum einmal, sichtlich stolz, »von der Stange kaufe ich nicht.« Das war das erste Mal, dass sie zusammen lachen mussten, über die absurde Zweideutigkeit dieser Bemerkung.

Irgendwann, nachdem Oda Blum einen schwarzen Dildo mit Glitzersteinen aus ihr herausgezogen hatte, sagte sie: »Es ist vorbei, ich mag nicht mehr, du langweilst mich.« Es war das erste und einzige Mal, dass sie von ihr geduzt wurde. Kyra glaubte das nicht. Es konnte, es durfte nicht vorbei sein. Sie würde sterben daran. Wie ein geprügelter, fortgejagter Hund schlich sie durch die Tage. Sie wartete, sie hoffte, sie lauschte, sie betete. Zu Hause brüllte und heulte sie in die Kissen und fügte sich üble Verletzungen mit allen möglichen scharfkantigen Gerätschaften bei. So ist es also, wenn man verrückt wird, so also ist das. Aber es kam nichts mehr, kein Zeichen, kein Signal, keine Botschaft, kein Anruf, der sowieso nicht, den hatte es nie gegeben, auch nie eine Textnachricht. Allmählich begriff Kyra, dass Oda Blum sie sich gezielt ausgesucht haben musste. Etwas in ihr hatte gespürt, dass sie es einfach geschehen lassen, sie sich nicht wehren würde. In einer Vorlesung hatte Oda Blum mal den Begriff

›kriminelle Empathie‹ eingeführt. Die besaß sie
offenbar selbst.

Kyra versuchte, mit diesen Qualen fertig zu
werden, indem sie sich in das Zweite
Staatsexamen stürzte. Sie war nun beherrscht von
der Idee, dass, wenn sie brilliant abschneiden
würde, sich Oda Blum mit Anerkennung und Stolz
ihr wieder zuwenden würde. Sie las alle
Fachartikel von ihr, absolvierte schließlich ein
Prädikatsexamen und setzte dann auch noch eine
ausgezeichnete Promotion oben drauf. Aber diese
ganze Schinderei, das irrsinnige Lernprogramm,
der Verzicht auf Lust und Leben und Sein hatten
Oda Blum nicht zu ihr zurückgebracht.

In ihrer Küche hing eingerahmt das Gedicht
›Mutter‹ von Gottfried Benn:

Ich trage dich wie eine Wunde
auf meiner Stirn, die sich nicht schließt.
Sie schmerzt nicht immer. Und es fließt
das Herz sich nicht draus tot.
Nur manchmal plötzlich bin ich blind und spüre
Blut im Munde.

Sie fühlte sich verstanden, geborgen und
aufgehoben in diesen Zeilen. Sie konnte sie längst
auswendig, aber sie las sie immer, jeden Tag,
bevor sie aus dem Haus ging.

Irgendwann erzählte ihr ein ehemaliger Kommilitone im Gericht, mehr nebenbei, dass Oda Blum hier alles aufgegeben habe und nach Martha's Vineyard gezogen sei. Sie habe dort ein Haus direkt am Meer gekauft, das sei wohl ein Lebenstraum von ihr gewesen. »Die war schon klasse«, sagte der Kommilitone, »aber irgendwie hatte die auch einen Hau weg.«

Kyra versuchte, im Netz Aktuelles über sie zu finden. Aber da war nichts, keine neuen Veröffentlichungen oder gar Fotos. Einfach nichts.

Danach hatte das mit den Männern angefangen. Kyra wäre sonst vor Sehnsucht, Verlangen, Verzweiflung, Verletzung, Kränkung und Scham verrückt geworden. Oder hätte sich umgebracht.

Kyra war gerade dabei, ihr M-Profil ein wenig zu überarbeiten, als eine E-Mail aufploppte. In der Betreffzeile stand: Oda Blum. Kyra erstarrte, mit eiskalten Händen öffnete sie die Nachricht, die von Dr. Schwartz, einem Kollegen aus der Kanzlei von Oda Blum, geschrieben worden war. Oda Blum sei tot, sie habe sich in ihrem Haus in Martha's Vineyard erschossen. Den Revolver habe sie korrekt angesetzt, so dass die Kugel nicht aus dem Hinterkopf hatte austreten können. Den Nachlass habe sie perfekt geregelt und ihn mit der Abwicklung betraut. Darin habe er die Bitte, eher die Anweisung gefunden, dass sie, Kyra, die

Trauerrede bei der Seebestattung halten solle. Alle Kosten würden aus dem Nachlass getragen werden.

Eine weitere Bitte laute, dass die Trauerrede, bei der nur Kyra und Dr. Schwartz anwesend sein würden, mit folgendem Zitat von Franz Kafka enden solle: »Dieses Leben scheint unerträglich, ein anderes unerreichbar.«

Schwarze Rose auf weißem Hemd

Klara ging ziellos durch den Supermarkt. Sie hatte Hunger, großen Hunger, überwältigenden Hunger. Hätte man sie gefragt, wer sie sei, dann hätte sie mit ›Hunger‹ geantwortet. So unendlich viele verschiedene Lebensmittel, meterlange Regalwände, prall gefüllte Tiefkühltruhen, unzählige aufgeschnittene Wurst- und Käsesorten, dass einem schwindelig werden konnte. Das Obst und Gemüse zu farbenfrohen Skulpturen aufgetürmt. Wie ein Schlaraffenland. Aber Klara konnte sich einfach nicht entscheiden. Unmöglich. Sie lief weiter und dachte daran, wie sie als Kind davon geträumt hatte, einmal viel Geld zu haben, um sich dann alles an Essen zu kaufen, worauf sie Lust hatte. Jetzt hatte Klara viel Geld, weil sie es nicht ausgab, nur für das Nötigste, für ihre Wohnung zum Beispiel. Aber sie konnte kein Essen kaufen, am Ende brachte sie eh nie einen Bissen herunter. Wahrscheinlich würde sie nachher nur wieder ein Pfund Mehl mitnehmen, es löffelweise schlucken und dazu Wasser trinken. Ihr Magen wäre dann wie mit Zement ausgefüllt, ihr würde übel sein, aber sie hätte keinen Hunger mehr. Als Kind hatte sie auch immer Hunger gehabt, es gab ja auch kaum etwas zu essen, sie war immer ohne

Frühstück losgegangen und wunderte sich, als sie ihre Freundin Susanne zur Schule abholte, die noch vor einem üppig gedeckten Tisch saß und heißen Kakao schlürfte. Klara kannte, wenn überhaupt, nur Graubrot. Graubrot mit dünner Marmelade, Graubrot mit Teewurst und Graubrot mit Scheiblettenkäse. Die Brote musste sie sich selbst machen, und für ihren Vater, dazu gab es Wasser aus der Leitung, für ihn ein Bier, oder auch zwei.

Am Wochenende spielte Klara Schach am Computer. Sie fand keine Spielpartner mehr, die hatten sich irgendwann alle frustriert abgewandt, da Klara immer alle Spiele gewonnen hatte. Sie besaß eine magische Fähigkeit, Blicke zu lesen, selbst einen Wimpernschlag konnte sie entsprechend eines geplanten Spielzuges treffend interpretieren. Nun saß sie allein am Rechner und konnte sich mit Haut und Haar stundenlang in die kompliziertesten Partien und Spielzüge versenken. Dabei merkte sie nicht mehr, wie die Zeit verging. Das war fast das Schönste daran. Oder sie streifte durch die Museen. Die alten Meister hatten es ihr angetan, mit moderner Kunst konnte sie nichts anfangen. Sie liebte Caspar David Friedrich, vor allem ›Der Mönch am Meer‹, sie begann ihn zu fühlen, wenn sie Ewigkeiten vor dem Bild stand, seine Verlorenheit, seine unendliche Einsamkeit, aber auch seine stille Zufriedenheit. Und sie mochte die typischen Bauern- und Familienszenen der holländischen Maler. Dort schienen die Menschen zwar auch arm zu sein, aber sie waren alle zusammen und auf ihre Weise glücklich, in Scheunen und Stuben, um ein warmes, loderndes Feuer geschart. Alle guckten freundlich und liebevoll, jeder hatte seinen Platz, und jeder war auf seine Weise unersetzlich. Die Kinder spielten, die Großmutter schälte Kartoffeln, die Mutter setzte einen Topf aufs Feuer, und die Männer kümmerten sich um das Holz oder den Wein. Und ein Hund oder eine Katze lag wohlig zusammengerollt in einem Korb. Stundenlang harrte sie vor diesen Bildern aus, saugte sich hinein und fest in diese familiären Idyllen. Sie wies sich dann selbst einen Platz zu oder probierte manchmal die verschiedenen Rollen aus. Die Großmutter gefiel ihr besonders gut, sie selbst hatte keine Großeltern, warum, das wusste sie nicht. In ihrer Phantasie schälte sie dann Berge an Kartoffeln, damit alle in der Familie, die ganze Welt satt werden konnte. Am Ende war sie dann meist der Hund oder die Katze, denen das Fell gekrault wurde.

Auch ins Kino ging sie gern. Hier suchte sie sich immer einen alten Film aus den 1950er und 60er Jahren aus, solche mit Heinz Rühmann, wie die

Feuerzangenbowle, oder heitere Familienfilme. Sie mochte die Szenen so gerne, in denen der Vater im Anzug, mit Aktentasche und Hut auf dem Kopf, auf sonnenbeschienenen Plattenwegen schreitend, nach Hause kam, mit guter Laune und fröhlich. Seine Frau wartete in Kittelschürze an der Tür und küsste ihn auf die Wange, und ein Kind kam von hinten aus dem Wohnzimmer gelaufen und begrüßte ihn mit ›Vati-Vati-Rufen‹. Auf dem Abendbrottisch standen dampfende Schüsseln mit Kartoffeln, Rotkohl und Rouladen. Sie hätte sich solche Filme stundenlang anschauen können. Sie träumte sich in diese Filme hinein, sie waren wie verzaubernde Märchenerzählungen für sie. Denn für Klara war es nicht vorstellbar, dass es solche Welten gab oder je gegeben hatte.

Klaras Mutter war kurz nach ihrem achten Geburtstag verunglückt. Sie war mit ihrem Rad, ohne zu gucken und ungebremst, die abschüssige Auffahrt hinunter auf die Straße und direkt in einen Lieferwagen gerast. Sie war auf der Stelle tot. Klara hatte sie aus der Ferne gesehen, ihr bunt geblümter Rock war hochgerutscht, die Beine waren voller Schrammen. Ein Arm lag ganz merkwürdig abgeknickt auf der Straße.

Ihr Vater hatte ihr die Schuld gegeben, bestimmt hatte Mama sich wieder fürchterlich über sie aufregen müssen, deshalb sei sie wie eine Irre aufs

Rad und losgerast. Er klammerte sich an diese Version. Aber sie stimmte nicht. Klara stritt nie mit ihrer Mutter. Sie tat alles, damit ihre Mutter nicht noch trauriger wurde. Seit Klara denken konnte, lag ihre Mutter im abgedunkelten Schlafzimmer, manchmal auf der Couch, wie ein Häufchen Elend. Sie tat nichts, sie las nicht, sie atmete flach und starrte vor sich hin. Klara hatte schon früh angefangen, sich um den Haushalt und die Einkäufe zu kümmern. Sie kochte Tee für ihre Mutter, brachte ihr Blumen vom Feldweg mit, sie bastelte für sie, sie sang ihr vor, aber die Mutter reagierte nicht. Nur manchmal huschte ein müdes Lächeln über ihr Gesicht. Klara stand ohne Wecker alleine auf, trank ein Glas Milch, machte Brote für ihre Mutter und den Vater und ging dann zur Schule. Wenn sie mittags heimkam, lag die Mutter immer noch so da, wie gestern, wie vorgestern, wie all die Jahre schon. Die Brote hatte sie nicht angerührt, die aß dann der Vater. Er war ungelernter Gelegenheitsarbeiter. Als Klara klein war, dachte sie, das sei etwas Tolles, später aber hatte man sie ausgelacht, die Kinder hatten sich gekrümmt vor Lachen und gesagt, »dein Vater kann halt nix und bringt auch keine Kohle nach Hause, das sieht man ja an dir.« Geld hatten sie tatsächlich keins, auch die ›Gelegenheiten‹ für den Vater wurden immer weniger, es fehlte eigentlich an allem. Das Haus, in dem sie wohnten, was eigentlich eine schrottreife Baracke war, konnten sie sich gerade so noch leisten. Es kamen ständig Rechnungen und Mahnungen, aber der Vater ließ die Schreiben einfach ungeöffnet liegen. Jahre später erst begriff sie, dass der Vater Analphabet war, er konnte weder lesen noch schreiben, er konnte wirklich ›nix‹. Die Mutter hatte auch nichts gelernt, aber selbst wenn, hätte sie in ihrem Zustand niemals arbeiten gehen können. »Was hat denn die Mama?«, hatte Klara den Vater mal gefragt. Der hatte nur mit den Schultern gezuckt und irgendwas von ›Hormonen‹ gesagt. Die Ärzte seien auch ratlos. Irgendwann dachte Klara, dass ihre Mutter vielleicht mit Absicht in den Wagen gerast war, vielleicht hatte sie ihre Traurigkeit nicht mehr ausgehalten. Oder vielleicht war Klara doch schuld, hätte sich noch mehr anstrengen müssen, noch mehr für sie machen müssen, damit sie zumindest einmal am Tag hätte lachen können. Aber oft war sie so erschöpft, sie kam gegen all den Dreck und Staub einfach nicht an, überall lag etwas rum, der Boden klebte, das Bad und Klo bekam sie nie richtig sauber. Vielleicht hatte die Mutter sie aber auch nie richtig geliebt, vielleicht hatte sie ihr gar nichts bedeutet, zumindest nicht so viel, dass sie bei ihr geblieben wäre.

Es fing etwa ein halbes Jahr nach dem Tod der Mutter an. Der Vater war angetrunken heimgekommen und Klara machte, wie immer, die Brote. Sie saßen sich gegenüber, Klara aß ein halbes, der Vater fünf. Er schmatzte, machte so seltsame Kaugeräusche, er rülpste nach jedem Schluck Bier. Sie ekelte sich vor ihm und schaute ihn nicht an. Dann sagte er »Klara«, der Ton war so anders, irgendwie weich, aber auch fordernd zugleich. »Willst du denn dem Papi nicht mal was Gutes tun und ihn ein bisschen massieren?« Er schwankte zur Couch, legte sich auf den Bauch und Klara sollte ihm den Rücken massieren. Sie knetete an seinen Fettwülsten herum, ihr war es ein Rätsel, wo er all das Essen für diese Fettberge herhatte. Dann rollte er auf den Rücken und öffnete den Hosenschlitz. »Hier«, sagte er, »hier musst du auch mal ran, der hat ganz ganz dolle Schmerzen, seitdem die Mami nicht mehr da ist.« Sein Penis ragte aus der Hose, er packte plötzlich ihre Hand, legte sie darauf und zeigte ihr, was sie tun sollte. Sie war starr vor Schreck und Ekel, gleich würde sie ihr Brot auf ihm erbrechen. Er zerrte ihren Kopf auf seinen Penis und befahl ihr, daran rumzulutschen. »Feines Mädchen«, sagte er immer wieder, als lobte er einen Hund. Als eine milchige Glibbermasse rauskam, grunzte er und ließ sie los. Klara rannte aufs Klo und kotzte sich die Seele aus dem Leib.

So ging das nun fast alle drei Tage. Immer das Gleiche. Wenn er ihr gegenübersaß, schaute sie fest auf den Teller, auch er schaute sie nicht an, nur ganz selten mit einem ganz netten Ausdruck sogar, und stopfte die Brote in sich rein. Dann aber verwandelte sich der Blick von einer Sekunde auf die andere. Klara konnte es schon sehen, riechen, schmecken, in jeder Faser ihres Körpers konnte sie spüren, was dieser Blick ankündigte. Keinem Menschen wäre dieser Kippmoment des Blickes aufgefallen, aber sie kannte ihn nun in all seinen Facetten. Es war wie ein markerschütterndes Alarmzeichen, das sie dann durchfuhr, sie wurde Meisterin im Blicke lesen, denn es war der Auftakt zu einem Martyrium, dem sie ohnmächtig und vollkommen schutzlos ausgeliefert war. Da schaute sie dann nicht mehr ein liebevoller Vater, sondern ein geiles, gieriges, brutales Ungeheuer an. Als Klara älter wurde, zwang er sie auch, sich zu ihm ins Bett zu legen. »Die Mami wäre sicher ganz stolz auf dich, dass du dich so um mich kümmerst und verwöhnst, feines, braves Mädchen. Aber, dass du mir ja nicht schwanger wirst«, sagte er ärgerlich, als sie später ihre Periode bekam.

Sie flüchtete sich in dieser ausweglosen Zwangslage immer häufiger in eine bildreich ausgestatte Phantasiewelt, in der nicht sie es war, die das alles erlebte, sondern eine Andere, die bestraft und gequält werden musste, weil sie sich zutiefst schuldig gemacht hatte. Diese Andere musste nun ihre Schuld büßen, würde aber irgendwann, wenn alle Sünden abgetragen worden waren, von einer mächtigen Königin erlöst und in ein glückseliges Paradies geführt werden.

Klara funktionierte, zu Hause und auch in der Schule, sie aß so gut wie gar nichts mehr und war innerlich vollkommen erstarrt, wie abgetötet bewegte sie sich durch die Tage. Sie suchte sich keine Freundinnen, sie mied die Kontakte, auch den zu Susanne. Nach der Schule lief sie ziellos und wie mechanisch aufgezogen durch den Wald und die Felder, versuchte, irgendwie die Zeit totzuschlagen, um bloß nicht nach Hause zu müssen. Aber gegen Abend würde sie nach Hause gehen müssen, denn das Abendbrot müsste sie vorbreiten, sauber machen, die Wäsche, den Boden, das Bad. An manchen Tagen putzte sie das Haus wie eine Irre, scheuerte und schrubbte sich die Hände blutig, als würde sie dann verschont werden von ihrem Vater, weil sie bereits genügend Abbitte geleistet hatte. Ließ er sie an solchen Tagen tatsächlich in Ruhe, nährte das ihre innere Überzeugung eines magischen Zusammenhanges, der sie sich weniger ohnmächtig erleben ließ, und sie entwickelte einen regelrechten Putzwahn. Doch am Ende konnte auch der sie nicht vor seiner Grausamkeit schützen.

Klara machte ein sehr gutes Abitur und ging zum Studieren in eine entfernt gelegene Stadt. Heute kann sie sich kaum noch erinnern, wie sie das geschafft hatte, wie sie aus diesem Haus raus- und vom Vater weggekommen war. Sie weiß nur noch, dass Susannes Mutter ihr eine Wohnung vermittelt hatte. »Du musst da weg«, hatte sie irgendwann zu ihr gesagt. Auch an die Jahre des Studiums hatte sie kaum Erinnerungen, alles war grau, dunkel, verschwommen und kalt. Immer kalt, daran erinnerte sie sich. Ihr war ständig kalt, die Wohnung war kalt. ›Kalt und Hunger‹, so hätte sie die Zeit am ehesten beschreiben können.

Klara arbeitete nun als Chemikerin, ironischerweise für einen großen Lebensmittelkonzern. Sie leitete inzwischen ein Labor, war bei den Vorgesetzten und Kollegen sehr geschätzt, da sie absolut zuverlässig und pünktlich war, noch nie einen Krankentag geltend gemacht hatte, Überstunden klaglos hinnahm, ohne irgendetwas zu fordern. Sie funktionierte wie eine unverwüstliche, perfekt programmierte Maschine.

Sie war hilfsbereit den Kollegen gegenüber, ging aber nie mit ihnen ›zu Tisch‹ in die Kantine oder abends noch auf ein Feierabendbier. Sie blieb im Labor und knabberte bestenfalls an einem Apfel herum. Keiner wusste, wie sie lebte, was sie interessierte und in ihrer Freizeit so tat. Solange ihr keiner zu nahekam, die Menschen ihr vom Leibe blieben, war alles in Ordnung.

Nur mit Jan, ihrem unmittelbaren Kollegen, sprach sie hin und dann etwas mehr, aber nur projektbezogen. Jan war so schmal und dünn wie sie, mit pickliger Haut, schlechten Zähnen und krummer Haltung. Er war aber sehr freundlich, ihr auf hartnäckige Weise zugewandt und außerdem ein sehr fähiger Chemiker. Manchmal brachte er ihr Pralinen mit und stellte sie wortlos auf ihren Platz, mit einem Smiley-Sticker. Er fragte sie eines Tages kurz vor Feierabend, ungeschickt und verlegen, ob sie ihn auf ein Kostümfest begleiten würde, das ein Freund von ihm veranstalten würde. Das Motto seien die Sixties. Klara lehnte sofort ab. Aber Jan ließ nicht locker, also sagte sie schließlich zu.

Er holte sie unten vor der Tür ab. Er trug einen Anzug, mit einem weißen Hemd, »von meinem Opa«, sagte er. Es war nicht zu erkennen, als was er verkleidet war, er beharrte aber darauf, unverkennbar einer der *Beatles* zu sein. Klara hatte eine bunte Tunika an und sich im Kostümverleih eine ›Afro-Perücke‹ mit wilden schwarzen Locken besorgt, sie wollte als Hippiemädchen aus Woodstock verstanden werden. Sie konnte sich nicht erinnern, je auf einer Party gewesen zu sein, auch Alkohol trank sie nie. Aber die Erdbeerbowle roch so verlockend, und sie trank hastig zwei Gläser und hielt sich an einem Bündel Salzstangen fest, in der Hoffnung, man würde ihr die Beklommenheit und Verlegenheit nicht so anmerken. Ihr war schon ein wenig schwummrig, als Jan sie zum Tanzen aufforderte. Sie wusste überhaupt nicht, was man da machen musste, aber der Alkohol hatte ihre Scham gedämpft, und sie ruderte ein bisschen unbeholfen mit den Armen rum und schüttelte die Beine nach rechts und links aus.

Jan war schon ziemlich angeheitert, als sie beide, verschwitzt, auf ein Sofa sanken. Jan legte etwas umständlich seinen Arm um sie, so dass sein Jackett zur Seite wegrutschte, und da sah sie sie: die ›schwarze Rose‹ auf dem unteren Rand des weißen Hemdes vom Opa. Sie erstarrte, ihr wurde speiübel, kalter Schweiß rann ihr über die Stirn und in einem gewaltigen Schwall kotzte Klara die Erdbeerbowle auf sein Hemd. Erschrocken stieß er sie weg: »Mensch, was soll das?« Klara musste kurz ohnmächtig geworden sein. Als sie wieder zu sich kam, lag sie auf einem fremden Bett, es war dunkel, Jan saß neben ihr, ein kalter Waschlappen auf ihrer Stirn, ihr war elend zumute, sie fror.

Bilder waren über sie hereingebrochen, in einer unbezwingbaren Heftigkeit, tief in ihr eingebrannte, weggesperrte Bilder, die der Alkohol mit heraufgespült hatte, und die urplötzlich außer Kontrolle geraten waren. Wie der Vater sie in seinem alten, klapprigen VW-Käfer auf einen Parkplatz im Wald gefahren hatte, wie fette, eklige, stinkende Männer sich zu ihr auf die Rückbank zwängten, wie sie ihr in den Nacken packten und sie in ihren Schritt drückten, vorbei an der ›schwarzen Rose auf weißem Hemd‹. Wie sich der Anblick der eingestickten Rose mit dem Geruch von billigem Rasierwasser, Schweiß, Urin und Sperma vermischte. Wie sie daran zu ersticken glaubte, was ihr wieder und wieder erbarmungslos in den Rachen gerammt wurde. Und sie sah ihren Vater, der draußen wartete und von den Männern, wenn sie fertig waren mit ihr, ein paar Geldscheine in die Hand gedrückt bekam, die ihr Vater dann zufrieden in seine Hosentasche stopfte. Wie er dann wieder in den Wagen stieg, kurz zu ihr nach hinten griff und »gut gemacht« sagte, während er ihre bloßen Beine tätschelte und ihr dann ein Eis versprach. Fast jedes Wochenende zerrte er sie in den VW-Käfer, es waren Arbeitskollegen vom Bau oder Kumpels aus der Kneipe. Nur an den Feiertagen hatte sie ihre Ruhe.

Jan war liebevoll und besorgt, immer wieder tunkte er den Lappen in eine Schüssel mit kaltem Wasser. Was denn nur los sei, ob sie zu viel getrunken habe? Klara schüttelte entkräftet den Kopf. »Ich möchte nur nach Hause, jetzt, sofort, allein, bitte bestell mir ein Taxi.«

Sie schloss ihre Wohnungstür ab und spürte ein leichtes Bedauern. So sicher und behaust hatte sie sich all die Jahre hier gefühlt. Aber nun würde sie ans Meer fahren, endlich, das würde ihr sicher guttun. Sie war noch nie am Meer gewesen. Vielleicht würde sie ja dem Mönch begegnen. Mit ihm könnte sie schweigend auf das Meer schauen. Das war ein schöner, wohliger Gedanke, ein tröstlicher. Vielleicht würde er ihr sogar eine Losung, eine Zauberformel mit auf den Weg geben, die sie wie ein wärmender Umhang einhüllen und mit der sie weiterleben könnte.

Klara war noch spät am Abend zum Meer gelaufen. Der Mönch war nicht da. Und es war so dunkel, dass Himmel, Wasser und Strand zu einem grau-schwarzen Nichts verschwammen. Nicht einmal weiße, kleine Schaumkronen waren zu erkennen, auch kein Lichtstreif mehr am Horizont. Sie hörte nur, wie das Wasser an das Ufer schwappte, vor und zurück, vor und zurück, wie eine besänftigende Melodie, von der sie sich umfangen und wie in einen Traumzustand versetzt fühlte.

Klaras magerer Körper lag an der Wasserkante zum Strand und wurde sanft von den Wellen hin- und hergewiegt. In ihren Haaren hatte sich Seetang verfangen, in ihrer Armbeuge schaukelte ein Plastikbecher.

Ein Hund hatte sie am frühen Morgen gefunden.

Zitatnachweise

S. 33ff.: »Why does my heart feel so bad«, Songtext, Moby, 1999

S. 45: »Guten Morgen Sonnenschein«, Liedtext, Nana Mouskouri, 1977

S. 54f.: Johann Wolfgang Goethe: »Die Leiden des jungen Werther«, in: ders.: *Gesammelte Werke*, sechs Bände. Suhrkamp-Inselverlag: Frankfurt a.M., 1965, Bd. 4, S. 26

S. 66: »Ich bin«, Liedtext, Vicky Leandros, 1970

S. 70 ff.: »Everybody hurts«, Songtext, R.E.M., 1992

S. 115: Passage aus: Sollers/»Paradis« zit. nach Roland Barthes, *Fragmente einer Sprache der Liebe.* Suhrkamp: Frankfurt a.M. 1988, S. 196

S. 117: »Mutter«, Gedicht von Gottfried Benn, in: *Gedichte.* Gesammelte Werke in vier Bänden, Band III. 3. Auflage. Hrsg.: Dieter Wellershoff. Klett-Cotta: Stuttgart, 1993, S. 400

S. 119: Franz Kafka, in: *Betrachtungen über Sünde, Leid, Hoffnung und den wahren Weg.* Suhrkamp: Frankfurt a.M. 1968, S. 196

BENIGNA GERISCH, Studium der Psychologie und Literaturwissenschaft in Hamburg. Professorin an der International Psychoanalytic University (IPU) in Berlin, Psychoanalytikerin (DPV/IPA). Sie arbeitete zwanzig Jahre als wissenschaftliche Mitarbeiterin und Psychotherapeutin im Therapie-Zentrum für Suizidgefährdete am Universitätsklinikum Hamburg-Eppendorf. Zahlreiche Vorträge, Publikationen und Forschungsprojekte unter anderem zur Suizidalität und Geschlechterdifferenz und psychoanalytischen Körperkonzepten sowie (autodestruktiven) Körperpraktiken. Literaturwissenschaftlich-psychoanalytische Studien zur Suizidalität im Film, Theater und in der Belletristik, u.a. zu Goethe, Kleist, Dostojewski, Ingeborg Bachmann, Sylvia Plath und Marina Zwetajewa. 2000 erhielt sie den Förderpreis der Deutschen Psychoanalytischen Vereinigung für ihre Forschungsarbeiten zur Suizidalität von Frauen.

FSC
www.fsc.org
MIX
Papier | Fördert
gute Waldnutzung
FSC® C083411

Zeitfracht Medien GmbH
Ferdinand-Jühlke-Straße 7
99095 Erfurt, Deutschland
produktsicherheit@kolibri360.de